BUKOWSKI

BUKOWSKI

Arder na água, afundar no fogo

Tradução
Alexandre Bruno Tinelli

Rio de Janeiro, 2023

Copyright © 1963, 1964, 1965, 1966, 1967, 1968, 1974 by Charles Bukowski. All rights reserved.
Copyright da tradução © 2023 por Casa dos Livros Editora LTDA. Todos os direitos reservados.
Publicado mediante acordo com a Ecco, um selo da HarperCollins Publishers.
Título original: *Burning in Water, Drowning in Flame*

Todos os direitos desta publicação são reservados à Casa dos Livros Editora LTDA. Nenhuma parte desta obra pode ser apropriada e estocada em sistema de banco de dados ou processo similar, em qualquer forma ou meio, seja eletrônico, de fotocópia, gravação etc., sem a permissão do detentor do copyright.

Publisher: *Samuel Coto*
Editora executiva: *Alice Mello*
Editora: *Lara Berruezo*
Editoras assistentes: *Anna Clara Gonçalves e Camila Carneiro*
Assistência editorial: *Yasmin Montebello*
Produção editorial: *Thadeu Santos*
Design de capa: *Flávia Castanheira*
Ilustração de capa: *Rodrigo Visca*
Diagramação: *Abreu's System*

Dados Internacionais de Catalogação na Publicação (CIP)
(Câmara Brasileira do Livro, SP, Brasil)

Bukowski, Charles, 1920-1994
  Arder na água, afundar no fogo / Charles Bukowski ; tradução Alexandre Bruno Tinelli. – Rio de Janeiro : HarperCollins Brasil, 2023.

  Título original: Burning in Water, Drowning in Flame
  ISBN 978-65-6005-088-4

  1. Poesia norte-americana I. Título.

23-172831   CDD-811.3

Índices para catálogo sistemático:
1. Poesia : Literatura norte-americana   811.3

Cibele Maria Dias – Bibliotecária – CRB-8/9427

Os pontos de vista desta obra são de responsabilidade de seu autor, não refletindo necessariamente a posição da HarperCollins Brasil, da HarperCollins Publishers ou de sua equipe editorial.

HarperCollins Brasil é uma marca licenciada à Casa dos Livros Editora LTDA.
Todos os direitos reservados à Casa dos Livros Editora LTDA.
Rua da Quitanda, 86, sala 601A – Centro
Rio de Janeiro, RJ – CEP 20091-005
Tel.: (21) 3175-1030
www.harpercollins.com.br

para Steve Richmond

Sumário

Nota do tradutor
por Alexandre Bruno Tinelli — 9

O que aprendi lendo os poemas de Charles Bukowski
por Angélica Freitas — 11

Introdução do autor — 13

Parte i: Meu coração em outras mãos
Poemas de 1955 a 1963 — 19

Parte ii: Crucifixo na mão de uma caveira
Poemas de 1963 a 1965 — 71

Parte iii: Rua do Terror esquina
com Via da Agonia
Poemas de 1965 a 1968 — 139

Parte iv: Arder na água, afundar no fogo
Poemas de 1972 a 1973 — 217

Nota do tradutor

A poesia, antes de mais nada, é uma questão de linguagem. São escolhas que envolvem desde o uso de um determinado vocábulo até a ordem em que as palavras são arranjadas no interior da frase e do verso. Dentro da trama textual, estão temas e imagens, figuras e sons, músculo e sentimento: escolhas, conscientes ou não, que, sequenciadas e saturadas quando observadas em conjunto, constituem o universo particular do escritor. Esse universo pode ser chamado de estilo – o que te permite dizer que determinado poema só poderia ter sido escrito por determinado escritor. É o que te faz dizer: este é um poema do Bukowski. Estilo é intransferível e inimitável, é coisa própria e personalíssima, como o nome e o número em uma carteira de identidade. Esta tradução, antes de mais nada, procurou recriar, na medida do possível, em português brasileiro, o estilo de Charles Bukowski. Que estilo é esse? Ora, é um estilo simples, vazado em uma sintaxe prosaica e direta, sem excessos e firulas, sempre coloquial. É um estilo oralizado, colado na fala cotidiana, nos subpadrões linguísticos, erigido sobre o princípio da parataxe, feito como que para ser lido em voz alta. É também um estilo sujo e de aparência desleixada, característico de uma poesia que emergiu em um certo submundo americano, na esteira da geração beat e na esquina da contracultura. Em português, isso significa driblar a norma padrão, que é culta e ainda muito lusitana, em busca de uma linguagem marcadamente popular, moderna, urbana — e brasileira. Meio tropicália, muito marginal. Isso significa aproximar o texto da tradução de um registro descolado, afastando-o de um registro deslocado. Aproximá-lo de um registro *cool*, e não de um registro culto.

Que os leitores encontrem aqui um velho Buk vivo, novinho em folha.

Alexandre Bruno Tinelli é tradutor
e pesquisador de literatura brasileira na UFRJ.

O que aprendi lendo os poemas de Charles Bukowski

Se você escolher um bom título para o seu livro de poemas, pode ser que algum desavisado o puxe da estante de uma livraria, mesmo sendo você um autor desconhecido. Você não precisa viajar para longe para escrever coisas interessantes. São muitos os poemas escritos a partir de cenas vistas da janela de casa. Mas você precisa sair de casa, sim, e conversar com as pessoas. Bukowski ia ao bar, às corridas de cavalos. Por falar nisso, tenha um hobby (corridas de cavalos?). Se você não viver, não vai escrever. "Você precisa viver as palavras", disse. Escrever é um ato físico. Você sente a energia no corpo (nos pulsos, têmporas e peito). Não force o poema. Não escreva porque você quer mulheres, fama ou dinheiro. Não seja um(a) chato(a). Escreva furiosamente, noite e dia, preencha folhas e mais folhas com seus poemas, porque isso é o trabalho, o único trabalho possível, o que te ajuda a viver e, logo, a escrever. Toda a poesia de todas as épocas é desperdiçada se ninguém pensa em algum poema antes de dormir.

Espero que você encontre o que está buscando nestas páginas.

Angélica Freitas é autora dos livros de poemas Rilke Shake, Um útero é do tamanho de um punho *e* Canções de atormentar.

Introdução do autor

Os poemas das três primeiras partes deste livro foram escritos entre 1955 e 1968, e os da última parte, mais recentes, são de 1972 e 1973. O leitor pode imaginar o que aconteceu entre 1969 e 1971, já que o autor chegou a desaparecer (literalmente) de 1944 até 1954. Mas não desta vez. *The Days Run Away Like Wild Horses Over The Hills* (Black Sparrow Press, 1969) [Os dias correm soltos como cavalos selvagens pela serra, em tradução livre] contém os poemas do fim de 1968 e de boa parte de 1969, além de uma seleta de poemas saídos em cadernos soltos sem capa de antigas edições artesanais que não foram incluídos nas três primeiras partes deste livro. *Mockingbird Wish me Luck* (Black Sparrow Press, 1972) [Cotovia deseje-me sorte, em tradução livre] traz impressos poemas escritos entre o fim de 1969 e o início de 1972. Assim, para meus críticos, leitores, amigos, inimigos, minhas ex-namoradas e novas namoradas, este livro, junto com *Days* e *Mockingbird*, contém o que considero ser o melhor que escrevi nos últimos dezenove anos.

Cada uma dessas partes me traz boas lembranças. Para *Meu coração em outras mãos*, solicitaram que eu viajasse para Nova Orleans. O editor precisava me conhecer primeiro, para se certificar de que eu era um ser humano decente. Depois de pegar o trem na Union

Station, logo abaixo do Terminal Anexo aos Correios, onde eu trabalhava para o Tio Sam, sentei no vagão-restaurante para beber um pouco de uísque e água e me mandei pra Nova Orleans, tão somente para ser analisado e julgado por um ex-presidiário que era o dono de uma prensa antiga. Jon Webb acreditava que a maioria dos escritores (e ele tinha conhecido alguns dos melhores, como Sherwood Anderson, Faulkner, Hemingway) eram indivíduos desprezíveis quando ficavam longe da máquina de escrever. Cheguei, eles me encontraram, Jon e Louise, sua esposa, passamos duas semanas bebendo e conversando, e aí Jon Webb disse: "Você é um canalha, Bukowski, mas vou te publicar mesmo assim". Saí da cidade. Mas isso não foi tudo. Logo os dois apareceram em Los Angeles, com seu par de cachorros, num hotel verde perto de um bairro pobre. Reavaliação. Mais álcool, mais conversa. Eu ainda era um canalha. Adeus. Despedida e acenos desmedidos pela janela do trem. Louise em lágrimas atrás do vidro. *Meu coração* foi publicado...

O grosso dos poemas de *Crucifixo na mão de uma caveira* foi escrito durante um mês calorento e lírico em Nova Orleans, no ano de 1965. Eu perambulava pelas ruas e ficava tonto, mesmo sóbrio eu ficava tonto, perdido sob o barulho de sinos de igrejas, de cães feridos, da minha própria dor, aquela coisa toda. Eu mergulhei numa depressão ou num apagão depois do lançamento de *Meu coração*, e Jon e Louise me levaram para Nova Orleans. Eu morava na esquina deles com uma senhora gorducha e gentil, o ex-marido dela (que já tinha morrido) quase foi campeão mundial dos meio-médios ou dos médios, não lembro direito. Todas as noites eu visitava John e Louise, e a gente ficava bebendo até o sol raiar, numa mesinha da cozinha, diante de baratas tontas que subiam e desciam a parede da nossa frente (elas gostavam, em especial, de andar ao redor de um bico de luz pendurado na parede) enquanto a gente bebia e conversava.

Eu voltava para o meu canto e perto das dez e meia da manhã já estava de pé, um caco. Mal trocava de roupa e já retornava para a casa do Jon. A editora ficava abaixo do nível da rua, e eu dava uma espiada para ver o que Jon estava fazendo antes de bater. Dava para vê-lo pela janela, calmo, ponderado, sem sinal de ressaca, murmurando e alimentando a prensa com as páginas de *Crucifixo*.

"Trouxe algum poema, Bukowski?", ele perguntava quando me via entrar. (Era preciso ter cautela: alimentar uma prensa com poemas podia facilmente se reduzir a jornalismo.)

Jon ficava todo desconcertado se eu não aparecesse com um punhado de poemas. Não era nada agradável ficar perto daquele cretino nesses momentos, e rapidinho eu voltava para o meu quarto e sentava à frente da máquina. De noite, bastava levar uma pequena pilha de poemas, que o humor dele melhorava.

Eu não parava de escrever. A gente se embriagava com as baratas, o lugar era apertado, as páginas 5, 6, 7 e 8 se amontoavam na banheira, ninguém conseguia tomar banho, as páginas 1, 2, 3 e 4 ocupavam um baú enorme, e logo não existia espaço pra mais nada. A casa estava tomada de papel até o teto. Era difícil andar entre elas. A banheira tinha sido útil, mas aí a cama virou um problema. Então Jon pegou umas sobras de madeira e construiu um pequeno sótão. Mais uma escada. E ele e Louise passaram a dormir ali, num colchão, e a cama foi descartada. Agora tinha mais espaço no chão pra espalhar as folhas. "Bukowski, Bukowski pra tudo quanto é canto! Já tô ficando louca!", dizia Louise. As baratas andavam em círculos, e a gente se embriagava, e a prensa devorava meus poemas. Que época estranha, e lá estava *Crucifixo*...

Eu costumava ir até a casa de John Thomas e passava a noite inteira lá. A gente tomava umas bolinhas, bebia e ficava jogando conversa fora. Quer dizer, John tomava as bolinhas, e eu tomava as bolinhas *e* bebia, e a gente conversava. John tinha o hábito de gravar tudo, pouco importava se a coisa era boa ou ruim, estúpida ou interessante, inútil ou aproveitável. A gente escutava as conversas no dia seguinte, e aquilo era o tipo de coisa que *valia a pena* fazer, pelo menos para mim. Era impressionante o quanto eu me dispersava e soava imbecil e arrogante quando ficava bêbado. E às vezes até quando não ficava.

Certa vez, durante as gravações, John pediu para eu levar alguns poemas e ler. Foi o que fiz. Acabei esquecendo os poemas lá. Tudo foi parar na lata do lixo. Meses se passaram. Um dia, Thomas me telefonou. "Aqueles poemas, Bukowski, dariam um bom livro." "Que poemas, John?" Ele disse que pegou a fita com os poemas e escutou tudo de novo. "Eu vou ter que transcrever, vai dar um trabalhão", afirmei. "Deixa que eu transcrevo pra você." Concordei, e pouco tempo depois eu estava com os poemas datilografados de novo.

Naquela época, um sujeito ruivo de careca incipiente e testa lustrosa, escrupuloso e gentil, de sorriso sempre estampado no rosto, costumava nos visitar. Ele era gerente de uma empresa de móveis e materiais de escritório e um colecionador de livros raros. Seu nome era John Martin. Ele tinha publicado alguns dos meus poemas em edições de folha solta. E tinha o hábito de me passar cheques enquanto eu ficava sentado do outro lado da cozinha de casa, tomando cerveja e assinando cada poema. Era o início da Black Sparrow Press, uma editora prestes a publicar boa parte da poesia americana de vanguarda, algo que nenhum de nós podia imaginar na época.

Mostrei ao John Martin os poemas que o Thomas transcreveu da fita para mim. Eu tinha revisado as transcrições, tinha feito um trabalho meticuloso, preciso. John Martin levou tudo para casa e me ligou dois dias depois: "Você tem um livro e faço questão de publicar do jeito que der". E foi assim que alguns poemas quase perdidos foram reencontrados e publicados em formato de livro e que a Black Press decolou. Chamei o livro de *Rua do Terror esquina com Via da Agonia*.

Dando uma olhada nesses poemas escritos entre 1955 e 1973, prefiro (por um motivo ou outro) os que escrevi por último. E isso me agrada. Claro, não faço a menor ideia de qual será a forma dos meus poemas futuros, mal sei se escreverei mais alguns, até porque não dá para saber por quanto tempo continuarei vivo, mas já que comecei a escrever poesia tarde, com 35 anos, gosto de pensar que eles vão me dar alguns anos a mais nessa reta final. Enquanto isso, os poemas a seguir são o bastante.

Charles Bukowski
30 de janeiro de 1974

I
Meu coração em outras mãos

Poemas de 1955 a 1963

deita aí
deita aí e espera que nem
um bicho

a tragédia das folhas

acordei na maior secura e as samambaias estavam mortas,
as plantas amarelas que nem trigo;
minha mulher tinha ido embora
e as garrafas vazias que nem cadáveres no chão
me rodeavam sem serventia;
o sol contudo ainda brilhava
sobre o bilhete da proprietária rachado em tons
vencidos de amarelos; agora faltava apenas
um bom comediante, um dos velhos tempos,
tirando sarro do absurdo da dor; a dor é absurda
simplesmente porque existe, e nada mais;
fiz a barba devagar com uma navalha antiga
o homem que um dia foi jovem e
que diziam ter gênio; mas
essa é a tragédia das folhas,
das samambaias mortas, das plantas mortas;
e entrei num corredor escuro
e lá estava a proprietária
execrável e categórica
me mandando pro inferno

agitando os braços gordos e suados
e berrando
berrando pelo aluguel
porque o mundo tinha falhado
conosco.

para a puta que levou os meus poemas

dizem que a gente deve manter nosso remorso longe do poema,
que devemos ser abstratos, e isso não está de todo errado,
mas jesus;
lá se foram doze poemas e eu não tenho nenhuma cópia deles e
 você também já ficou
com as minhas
pinturas, com as melhores; é de matar:
você está tentando acabar comigo que nem todo mundo?
por que você não levou o meu dinheiro? é o que eles costumam
 fazer
quando os bêbados dão mole e dormem na sarjeta.
próxima vez leva meu braço esquerdo ou cinquenta pratas
mas não os meus poemas;
eu não sou nenhum Shakespeare
mas um dia
não vai sobrar mais nenhum deles, abstratos ou não;
sempre haverá dinheiro e putas e pinguços
até cair a última bomba,
mas como dizia Deus,

cruzando as pernas,
dá pra ver que eu criei bastante poeta
mas não muita
poesia.

notícias do mundo através de uma janela do 3º andar

eu observo uma garota vestida com um
suéter verde-claro, um shortinho azul e umas meias pretas
    compridas;
dá pra ver uma espécie de colar,
mas os seios dela são pequenos, coitadinha,
e ela fica olhando as unhas
enquanto seu cachorro encardido fareja a grama
alheio ao mundo;
tem um pombo ali também, dando uma volta,
quase morto com aquele cérebro de ervilha,
e eu estou de cueca no andar de cima,
a barba de 3 dias, abrindo uma cerveja e esperando
algo literário ou sinfônico acontecer;
mas eles ficam andando a esmo, e um velho magricela
no último inverno da vida passa empurrado por uma garota
em trajes de escola católica;
em algum lugar estão os Alpes, e agora mesmo
navios estão cruzando oceanos;
existem pilhas e pilhas de bombas atômicas e de hidrogênio,
o suficiente para explodir cinquenta vezes o mundo e Marte junto,

mas eles permanecem andando em círculos,
a garota anda requebrando,
e as Hollywood Hills seguem firmes de pé, bem firmes,
cheias de bêbados e loucos
e de beijos intermináveis nos bancos dos carros,
mas não adianta: *che sera, sera:*
o cachorro imundo não vai cagar de jeito nenhum,
e depois de dar uma última olhada nas unhas
ela, requebrando ao máximo a cintura,
desce até o pátio
seguida pelo cachorro constipado (nem um pouco preocupado)
e me deixa olhando um pombo nada sinfônico.
ora, do jeito que as coisas estão, relaxa:
as bombas jamais serão detonadas.

para marilyn m.

escorrendo devagar em direção às cinzas,
alvo de muita babação
teu corpo firme acendia velas para os homens
no escuro da noite,
mas agora a tua noite é mais escura
que o alcance das velas,
e aos poucos esqueceremos você,
o que não é nada legal,
mas é que há corpos de verdade mais perto,
e enquanto os vermes suspiram pelos teus ossos
eu queria muito te dizer
que isso também acontece com ursos e elefantes
com tiranos e heróis e formigas
e sapos,
ainda assim, você nos deu alguma coisa,
uma espécie de mínima vitória,
e é por isso que eu digo: ótimo,
e agora chega de sofrimento;
como uma flor que secou e foi descartada,
esquecemos, relembramos,

esperamos. menina, menina, menina,
eu ergo a minha taça um minuto inteiro
e sorrio.

a vida de borodin

a próxima vez que você ouvir Borodin
lembra que ele era só um químico
que fazia música pra relaxar;
sua casa vivia apinhada de gente:
estudantes, artistas, pinguços, vagabundos,
e ele nunca soube como dizer: não.
a próxima vez que você ouvir Borodin
lembra que a esposa dele usava suas composições
pra forrar as caixas de areia do gato
ou pra cobrir as garrafas de leite;
ela sofria de asma e insônia
e o alimentava com ovos cozidos,
e quando ele queria cobrir a cabeça
pra abafar os sons da casa
ela só deixava ele usar o lençol;
além disso sempre tinha alguém
na cama dele
(os dois dormiam em camas separadas quando dormiam
de fato)
e como todas as cadeiras

estavam normalmente ocupadas
ele costumava dormir na escada
enrolado num velho xale;
ela dizia quando ele devia cortar as unhas,
quando ele não devia cantar ou assobiar
ou pôr muito limão no chá
ou espremê-lo com a colher;
Sinfonia n° 2 em Si Menor
Príncipe Igor
Nas estepes da Ásia Central
ele só pegava no sono quando cobria os olhos
com um pedaço de pano preto;
em 1887 ele compareceu a um baile
na Academia de Medicina
metido num traje típico bem festivo;
finalmente parecia exultante de alegria
e quando caiu no chão
acharam que era alguma palhaçada.
a próxima vez que você ouvir Borodin
lembra disso...

de graça

aquela boneca na arquibancada
de cabelo pintado de ruivo
ficava encostando os seios em mim
e falando dos salões de pôquer
de Gardena
até que eu soprei uma baforada
na cara dela
e falei da exposição
do Van Gogh
que eu tinha visto na serra
e aquela noite
quando a levei pra casa
ela disse
que o Vermelhudo era o melhor cavalo
que ela já tinha visto —
até eu tirar a roupa. Se bem
que o lance do Van Gogh
custou uns
50 centavos.

um romance de livro

a gente se conheceu por meio de cartas ou poesia ou revistas,
    alguma coisa assim,
e ela começou a me enviar uns poemas bem safados sobre estupro
    e luxúria,
e isso misturado com um intelectualismo barato
me deixou meio desnorteado, aí peguei o carro e segui pro Norte,
entre montanhas e vales e autoestradas,
sem dormir, saindo de um porre, recém-divorciado,
desempregado, velho, acabado, desejando sobretudo dormir
por uns cinco ou dez anos, até que finalmente encontrei o motel
numa cidadezinha ensolarada do lado da estrada de terra,
e fiquei sentado lá fumando um cigarro,
pensando, você deve estar completamente louco,
até que saí uma hora atrasado
e fui pro encontro; ela era velha pra caralho,
quase tão velha quanto eu, não muito sensual,
e me deu uma maçã verde bem dura
que eu mastiguei com o que restava dos meus dentes;
ela estava morrendo de alguma doença desconhecida
parecida com a asma, e ela disse,

quero te contar um segredo, e eu respondi,
eu sei: você é virgem e tem 35 anos.
daí ela apanhou um caderno, coisa de dez ou doze poemas:
era o trabalho de uma vida, e eu tive que ler tudo;
olha que me esforcei pra ser gentil,
mas eles eram ruins demais.
acabei levando ela pra outro lugar, pras lutas de boxe,
mas ela não parava de tossir debaixo da fumaça
e ficava olhando de um lado pro outro
pra todo mundo
e depois pros lutadores
de punhos fechados.
você nunca fica excitado, né? ela perguntou.
só que eu fiquei muito excitado aquela noite na serra,
e a gente voltou a se ver mais três ou quatro vezes,
eu revisei alguns poemas dela,
e ela cravou a língua lá no fundo da minha garganta;
porém, quando eu fui embora,
ela ainda era virgem
e uma péssima poetisa.
acho que quando uma mulher fica de pernas fechadas
durante 35 anos
é tarde demais
pro amor
e pra
poesia.

os gêmeos

de vez em quando ele dizia que eu era um cretino e eu falava pra
 ele ouvir
Brahms, falava pra ele aprender a pintar e a beber e a não ser
dominado por mulheres e dólares
mas ele gritava comigo, pelo amor de Deus pensa na sua mãe,
pensa no seu país,
você vai matar todo mundo!...

eu ando pela casa do meu pai (ele devia $8 mil de hipoteca
 depois de 20
anos no mesmo emprego) e encaro seus sapatos mortos
o jeito como seus pés gastaram o couro, como quem planta rosas
 irritado,
e era isso mesmo, e vejo seu cigarro morto, seu último cigarro
e a última cama onde ele dormiu naquela noite, e sinto que devia
 refazer a cama
mas não consigo, porque um pai é sempre um mestre mesmo
 depois de partir;
imagino que essas coisas sempre aconteçam mas não posso deixar
 de pensar que

morrer no chão da cozinha às 7 da manhã
enquanto as pessoas estão fritando ovos
não chega a doer tanto
a menos que aconteça com você.

vou pro lado de fora e apanho uma laranja e descasco sua pele
    brilhante;
a vida continua: a grama está crescendo numa boa,
o sol lança seus raios espreitado por um satélite russo,
um cão ladra sem motivo aparente, os vizinhos espiam por trás
    das cortinas.
sou um estranho aqui, e tenho sido (suponho) um vacilão,
sem dúvida ele me pintou direitinho (o garotão e eu,
a gente brigava que nem leões da montanha) e dizem que ele
    deixou tudo pra uma mulher
em Duarte mas eu não dou a mínima — ela que fique com tudo:
    ele era meu
velho

    e agora está morto.

dentro de casa, experimento um terno azul-claro
muito melhor do que tudo que já vesti
e agito os braços como um espantalho ao vento
mas não adianta nada:
não consigo manter ele vivo
pouco importa o quanto a gente se odiava.

a gente era igualzinho, que nem gêmeos,
o velho e eu: isso é o que
diziam. ele e seus bulbos dentro da cesta

prontos para o plantio
enquanto eu dormia com uma puta da rua 3.

muito bem. nos concedam este momento: parado diante do
 espelho
com o terno do meu pai morto
aguardo, eu também,
a morte.

o dia que choveu dentro do museu do condado de los angeles

o judeu se curvou e
        morreu. 99 metralhadoras
foram embarcadas para a França. alguém venceu o 3º páreo
enquanto eu inspecionava
               a hélice de um monoplano antigo
um homem com um tapa-olho se aproximou. começou a
chover. choveu sem parar e as ambulâncias aceleraram
juntas
pelas ruas, e embora
tudo estivesse um perfeito tédio
eu gozava o momento
como na época de Nova Orleans
quando eu vivia de barras de chocolate
contemplando pombos
num beco escuro de nome francês
enquanto atrás de mim o rio virava
um mar
e as nuvens deslizavam enfermas num
céu que tinha morrido
perto da época quando César foi apunhalado,

e eu prometi a mim mesmo então
que um dia lembraria daquilo
tal como aconteceu.

um homem se aproximou e tossiu.
será que vai parar de chover? ele disse.
não respondi. e me apoiei
na hélice antiga e fiquei escutando as
formigas no telhado dispararem
rumo ao fim do mundo. cai fora daqui, eu disse,
cai fora daqui senão eu vou chamar
o guarda.

cerveja das duas da tarde

nada mais importa
a não ser desabar num colchão
com sonhos baratos e uma cerveja na mão
enquanto as folhas morrem e os cavalos também
e as proprietárias pasmam nos saguões;
alegre a música das persianas baixadas,
o antro do último homem
numa eternidade de enxame
e explosão;
nada além do pingo da pia,
da garrafa vazia,
da euforia,
da juventude enclausurada,
apunhalada e de barba feita,
de palavras ensinadas
que se escoram
pra morrer.

viva exclamam as rosas

viva exclamam as rosas, hoje é o dia da culpa
e estamos vermelhas como sangue.

viva exclamam as rosas, hoje é quarta-feira
e florescemos onde abateram os soldados
e também os namorados
e a cobra devorou a palavra.

viva exclamam as rosas, a escuridão vem
fulminante, como luzes que se apagam,
e o sol deixa no escuro continentes inteiros
e fileiras de pedras.

viva exclamam as rosas, os canhões e os campanários,
as aves e abelhas, os bombardeiros, hoje é sexta-feira
a mão ergue a medalha na janela,
passa uma mariposa, a um quilômetro por hora,
viva viva
viva exclamam as rosas

brandimos impérios em nossos caules,
o sol faz a boca se mexer:
viva viva viva
é por isso que vocês gostam da gente.

o artista de domingo

eu andei pintando nesses últimos domingos;
não é muito, você tem razão,
só que nessa brincadeira grandes sonhos vêm à tona:
a história tira o vestido e vira uma meretriz,
e eu desperto de manhã
e vejo águias batendo asas como sombras;
eu encontrei Montaigne e Fídias
nas labaredas da minha lixeira,
encontrei bárbaros nas ruas
suas cabeças girando que nem roedores;
vi bebês perversos em banheiras azuis
a quem faltavam caules tão belos quanto flores,
e vi o beberrão passar mal
depois do seu último e mísero centavo;
eu ouvi Doménikos Theotokópoulos,
em noites de geada, tossindo dentro da cova;
e Deus, não mais alto do que a senhoria,
o cabelo pintado de ruivo, me pediu a hora;
eu vi gramas grisalhas de namorados no meu espelho
enquanto acendia um cigarro sob os aplausos de um maníaco;

Cadillacs rastejaram nas minhas paredes que nem baratas,
eu vi peixinhos dourados tontos no aquário, tigres adestrados;
sim, andei pintando nesses últimos domingos —
o moinho cinza, o novo rebelde; na verdade, é foda:
eu vivo mergulhando o pulso em detergente e água sanitária,
em Andernach e maçãs e ácido,
mas, quer saber, tenho que te contar uma coisa: tem uma
mulher aqui que vive fazendo massa de panqueca e cantando,
e a tinta gruda no meu esboço que nem um bombom.

poeta velho

é claro que eu preferia estar no meio das pernas de uma gata
do que com uma foto de um velho Spad no bolso
ao som do coro das bigornas e de pernas e mais pernas e mais
    pernas
garotas dançando de pernas pro ar, mostrando tudo menos a xota,
mas eu bem podia estar morto agora

    sempre onde sopra o mau vento
    e Keats está morto
    e eu também estou morrendo.

pois não tem nada mais fodido e dissoluto
do que um poeta velho que azedou
de corpo e alma
e na sorte, os cavalos que só correm pra fora,
os dados de Vegas cancerígenos pra carteira magra,
Shostakovich ouvido com frequência,
e latas de cerveja chupadas de canudinho,
a boca e a mente partidas nos
becos da juventude perdida.

na janela quente do meio-dia
eu tento acertar uma mosca varejeira e erro,
e opa, caio em cheio como um trovão,
mas eles vão entender lá embaixo:
ele ou está bêbado, ou está morrendo,
um velho poeta acenando decrépito nos corredores,
enfiando a bengala no lombo
de cães inocentes
e vomitando
o pouco que restou da sua luz.
o carteiro trouxe uma coisinha pra ele
que ele leva pro quarto
e abre como uma rosa,
tão somente pra berrar alto e em vão,
seu caixão repleto
de bilhetes do inferno.
mas de manhã você o verá
despachando pequenos envelopes
ainda preocupado com o
aluguel
      cigarros
           vinho
                mulheres
                      cavalos
ainda preocupado com
Eric Coates, a terceira sinfonia de Beethoven e
com algo que Chicago reteve por três meses
com sua sacola para vinhos
com seus maços de Pall Malls.
42 em agosto, 42,
os ratos percorrendo seu cérebro

roendo os pensamentos antes deles
chegarem na máquina.
poetas velhos são tão ferrados quanto bichas velhas:
e tem uma coisa que beira o inaceitável:
os editores gostam de te agradecer pelo
envio mas
lamentam...
no fundo
        no fundo
                no fundo
                        do corredor escuro
rumo a um corredor sem mulheres
pra descascar um último ovo
e sentar diante da máquina:
clique clique clique
mais alto que a televisão
mais alto que a música das fontes:
clique claque claque:
mais um velho poeta
indo embora.

a corrida

é isso que acontece
quando você fica velho
e acabado que nem uma vitrola arranhada
(ainda lembra delas?)
e parte pro centro da cidade
e assiste aos rapazes lutando
enquanto as louraças sentam com
outras pessoas
você envelheceu como um marginal de filme:
charuto na boca, barrigudo,
só que sem dinheiro,
sem esperteza, sem experiência,
mas como sempre
quase todas as lutas não prestam,
e depois
no estacionamento
você fica sentado vendo eles partirem,
acende o último charuto
e então liga o velho carro,
carro velho, homem não muito jovem

descendo a rua
parados num sinal
como se o tempo não fosse um problema,
e eles se aproximam de você:
um carro entupido de jovens
dando risada,
e você fica ali vendo eles partirem
até que
o carro de trás buzina
e você estremece
diante do que restou
da sua vida.
patético, com pena de si mesmo,
você pisa no acelerador
e alcança aqueles jovens
você ultrapassa aqueles jovens
e agarrado ao volante como a todo amor partido
você faz um racha até a praia
com eles
empunhando seu charuto e seu berro
rindo
você os levará até o oceano
até a última sereia,
o sargaço e o cação, a alegre baleia,
fim da carne e da hora e do horror
e finalmente eles freiam
e você segue em frente
em direção ao seu oceano
o charuto mordendo seus lábios
como o amor costumava fazer.

vegas

tinha uma árvore congelada que eu queria pintar
mas aí caíram as bombas
e lá em Vegas olhando através do guarda-sol verde
3h30 da madrugada
eu morri sem unhas, sem uma cópia da *Atlantic Monthly*
as janelas gritavam como pombos lamentando o bombardeio
    de Milão
e eu fui viver com os ratos
só que as luzes brilhavam demais
e eu pensei que talvez fosse melhor voltar e assistir uma
aula de poesia:

    uma descrição maravilhosa de uma gazela
    é o inferno;
    o crucifixo fica como uma mosca na minha janela;
    a respiração da minha mãe agita folhinhas
    na minha cabeça;

e eu peguei carona de volta pra L.A. imerso em nuvens de
    ressaca
e apanhei uma carta no bolso e li seu conteúdo

daí o motorista do caminhão falou, que que é isso?
e eu respondi, tem uma garota lá no Norte que costumava
dormir com o Pound, ela está tentando me dizer que a H. D.
foi a nossa maior escriba; ora, a Hilda nos legou alguns deuses
gregos cor-de-rosa junto com umas porcelanas, mas depois de
   ler ela
140 cristais de gelo ainda pendem dos meus ossos.

eu não vou seguir até L.A., disse o motorista.

não tem problema, respondi, os lírios da califa acenam às nossas
   mentes
e um dia voltaremos todos juntos
pra casa.

a bem da verdade, ele disse, a nossa viagem
termina aqui.
então deixei estar; velha e murcha prostituta do tempo
teus seios têm o sabor do creme azedo dos sonhos...
ele me deixou
no meio do deserto;
morrer é morrer é morrer,

toca-discos empoeirados nos porões,
joe di maggio,
revistas acompanhadas de cebolas...

um velho Ford me apanhou
45 minutos depois
e dessa vez
fiquei de boca
fechada.

a casa

estão construindo uma casa
meia quadra abaixo
e eu fico sentado aqui
as persianas baixadas
escutando os ruídos,
os martelos batendo nos pregos,
tum tum tum tum,
e então ouço uns pássaros e
tum tum tum
e vou pra cama
e puxo as cobertas até a altura da garganta;
faz um mês que eles estão construindo
a casa, e logo ela estará cheia
de gente... dormindo, comendo,
amando, andando,
mas por algum motivo
agora
tem alguma coisa errada,
parece loucura,
os homens andam no telhado com pregos na boca,

e eu fico lendo sobre Castro e Cuba
e de noite passo na frente da casa,
e suas costelas estão expostas,
e vejo gatos andando dentro dela
do jeito que os gatos gostam de andar,
e aí passa um menino de bicicleta,
e a casa ainda não está pronta,
e de manhã os homens
estarão de volta,
andando pela casa,
portando seus martelos,
e parece que as pessoas não deviam mais
construir casas,
as pessoas deviam parar de trabalhar
e ficar sentadas em salas apertadas
num segundo andar
sob a luz de lâmpadas sem proteção;
parece que há muito a esquecer
e muito a não fazer,
e em farmácias, mercados, bares
as pessoas estão cansadas, elas não querem
se mexer, e eu fico parado lá de noite
contemplando a casa e
a casa não **quer** ser construída;
através de suas laterais vejo as serras lilases
e as primeiras luzes do entardecer,
faz frio,
abotoo meu casaco
e fico ali olhando através da casa
os gatos se detêm e me olham de volta

até que fico envergonhado
e tomo a calçada rumo ao Norte
onde vou comprar
cigarros e cervejas
antes de voltar pro meu quarto.

o lado do sol

os touros são tão nobres quanto o lado do sol
e embora eles sejam mortos para plateias insossas
é o touro que queima o fogo
e embora existam touros covardes assim como
existem toureiros covardes e homens covardes
normalmente o touro vive puro
e morre puro
intato a símbolos e patotas e amores falsos
e quando o arrastam pra fora
nada está morto
mas algo passou
e o fedor fortuito
é o mundo.

os palestrinhas

o rapaz atravessa a minha alma com os pés sujos
de lama
falando de recitais, virtuoses, regentes,
dos romances menos conhecidos do Dostoiévski,
falando de como corrigiu uma garçonete
de lanchonete vagabunda que não sabia que o molho francês
era composto *dísso e daquílo*;
mas ele fala tanto sobre as Artes que
eu tomo ódio das Artes,
e aí não tem nada mais saudável
do que voltar pro bar ou
pro jóquei e ver a corrida,
ver a vida seguir seu curso livre desses
excessos de merda,
de conversas e conversas e mais conversas,
a boquinha se mexendo, os olhinhos brilhando,
um rapaz, uma criança, embriagado de tanta Arte,
agarrado às Artes como à saia da mamãe,
e eu fico imaginando quantos milhares não existem
por aí que nem ele, espalhados pelo país

em noites de chuva
em manhãs de sol
sob entardeceres dignos de paz
em salas de concerto
em cafés
em saraus de poesia
falando, conspurcando, altercando.

é tipo um miliciano indo pra cama
com uma boa mulher;
na mesma hora você
perde o tesão na mulher.

uma tarde agradável na cama

verões vermelhos e cetim preto
carvão e sangue
rodeiam os lençóis
enquanto lesmas morrem esmagadas
e mariposas ficam loucas
tentando colocar em si mesmas
os olhos das lâmpadas em
cidades artificiais;
eu acendo o cigarro dela
e ela sopra uma nuvem
de puro torpor
como prova de que temos sido
bons namorados —
branco sobre preto, branco dentro do preto;
e seus dedos dos pés alcançam
cruzamentos escuros
debaixo dos meus grossos lençóis,
ela diz, aquele cara do elevador...
sabe quem é?
digo que sim.
um cretino... vive batendo na esposa.

pouso minha mão
bem na descida
da curva do lençol.
porra, pra um VELHO que nem você,
você gosta de uma sacanagem!
estico o braço e apanho
a garrafa, mamo ela inteirinha
deitado de barriga pra cima,
a espuma parece sabão
e me deixa todo engasgado,
ela fica só escutando,
revirando os olhos
que nem uma câmera de jornal,
e de repente me dá uma vontade de rir
que me faz expelir, igual uma baleia,
um jorro fenomenal
de espuma e líquido na parede
sem saber por que,
ela dá uma risada,
olhando pra baixo diante da minha loucura,
e fica rindo,
o braço todo esticado
segurando o cigarro
no alto,
a fumaça se dissipando
esquecida,
estamos juntos na cama
rindo
e não damos a mínima
pra nada,
e isso é muito
muito engraçado.

o padre e o toureiro

sob o lento ar mexicano eu assisti o touro morrer
e vi cortarem sua orelha, sua cabeça enorme não deu
mais medo que uma pedra.

voltando de carro no dia seguinte fizemos uma parada na Mission
e vimos flores azuis vermelhas e douradas se debatendo
como tigres ao vento.

bota isso na métrica: o touro e a fortaleza de Cristo:
o toureiro de joelhos, o touro morto seu bebê;
e o padre vendo tudo da janela
feito um urso enjaulado.

você pode discutir na feira e cutucar suas dúvidas
com dedos de seda: mas eu só tenho uma coisa
a dizer: já vivi em ambos os templos,
acreditei em tudo e em nada — talvez agora eles é que
morram no meu.

amor & fama & morte

agora está do lado de fora da minha janela
parece uma velha indo fazer compras;
fica ali me observando
suando de nervoso
entre os cabos a neblina e os latidos de cães,
até que de repente
eu bato na tela com o jornal
como quem esmaga uma mosca,
e dá pra ouvir o grito
cortando toda a cidade,
e depois vai embora.

o jeito de encerrar um poema
como este
é ficando quieto
do nada.

meu pai

ele levava uma faca
uma navalha e um chicote
e de noite
temendo perder a cabeça
ele a cobria com lençóis
até que em uma manhã em Los Angeles
começou a nevar
e eu vi a neve
e descobri que meu pai
não tinha controle de nada
e quando
fiquei um pouco maior
e saí com meu primeiro carrinho
de rolimã, sentei sobre a
a cal
a cal viva
de não ter nada
indo em direção ao deserto
pela primeira vez
eu cantei.

o pássaro

de olhos vermelhos e meio zonzo que nem eu
o pássaro chegou voando
direto do Egito
às cinco da manhã
e fez a Maria quase tropeçar do salto:
que que foi isso, um foguete?
a gente subiu as escadas.
servi duas taças de porto
e ficamos sentados ali enquanto os avarentos
eram expulsos de seus ninhos infelizes
aí a Maria entrou e encheu o pote
de água
e eu fiquei coçando a barba de três dias
pensando no maldito pássaro
e então a coisa me veio assim:
tudo que mais importava era
chegar em algum lugar
quanto mais rápido, melhor
porque assim se esperava menos
pra morrer. Maria voltou

e puxou as cobertas
e eu arranquei minhas roupas imundas
e me enfiei debaixo dos lençóis suados
fechando os olhos para o som e o sol
e escutei ela tirando o salto
seus pés gelados deslizaram pelas minhas panturrilhas
e eu batizei o pássaro de
Sr. Estados Unidos da América
e fui dormir na mesma hora.

um cara bem peculiar

tem essas pequenas encostas
diante do mar
e é de noite, tarde da noite;
eu não estava conseguindo dormir
e com meu carro mais acima
feito uma mãe de aço
vou descendo a encosta,
quebrando pedaços de rocha
e sendo arranhado
por uns malditos arbustos,
eu vou abrindo caminho
desastrado e deslocado,
uma aberração na orla
entupida de namorados,
essas bestas bifrontes
que se viram pra contemplar
a loucura
de um cara bem peculiar;
encabulado, eu passo por eles
e escalo um bloco de pedras molhadas onde

vêm quebrar as ondas
com suas espumas brancas;
o luar encharca
a pedra nua,
e agora que estou ali
quero ir embora,
o mar fede
e parece uma privada
dando descarga,
não é um bom lugar para morrer;
qualquer lugar é ruim para morrer,
mas antes uma sala iluminada
com as paredes de sempre e o abajur
empoeirado; daí...
ainda um idiota, é claro,
tipo um chacal numa terra de leões,
eu começo a voltar e vou passando por
eles, por todos aqueles cobertores
e fogos e beijos e amassos na areia,
lá vou eu subindo em direção ao carro
cada vez pior, chutando o chão,
e lá estão o céu escuro e o mar escuro,
ambos atrás de mim
perdidos no jogo,
acabei deixando meus sapatos lá embaixo
com eles 2 sapatos vazios
e já dentro do carro
eu ligo o motor
e me afasto de faróis ligados
pego a esquerda rumo ao Leste
subo o caminho e parto,

os pés descalços nos pedais gastos,
parto pra longe dali
em busca de
outro lugar.

uma pule de 340 dólares e uma puta de cem

não vem com essa de que eu sou poeta: você pode me encontrar
quase todo dia meio bêbado nas corridas
apostando em tudo quanto é tipo de cavalo,
e deixa eu te dizer uma coisa, lá tem umas mulheres
que só andam atrás do dinheiro, e às vezes quando você
olha pra essas putas essas putas de cem dólares
você fica imaginando se a natureza não está de sacanagem
esbanjando tanto peito e rabo e o jeito
como tudo se encaixa, você fica olhando, olhando e
olhando e não dá pra acreditar; tem aquelas mais ordinárias
e eis que surge algo diferente que te faz querer
rasgar umas pinturas e partir ao meio álbuns do Beethoven
no banheiro dos fundos; seja como for, a temporada
ia se arrastando e os figurões estavam se ferrando,
todos os amadores, os produtores, os câmeras,
os aviõezinhos de Mãeconha, os vendedores de pele, os pro-
 prietários
em pessoa, e quem estava correndo nesse dia era o Saint Louie:
um cavalo que disparou no final;
ele correu de cabeça baixa, todo malvado e feioso,
e pagava 35 por 1, e eu tinha apostado dez nele.

o jóquei fez ele avançar por fora
colado na cerca, onde ele não ia ser alcançado
nem se tivesse que correr uma distância dez vezes maior,
e lá foi ele
o caminho todo perto da cerca externa
avançando dois quilômetros num só
e o bicho ganhou como se estivesse endiabrado
sendo que ele sequer estava cansado
e a melhor loira de todas
um espetáculo de peitos e bunda,
foi até o guichê comigo.

não deu pra acabar com ela aquela noite
apesar das molas terem soltado faíscas
e de terem batido nas paredes.
depois ela sentou apenas de calcinha
bebendo um Old Grandad
e disse
o que é que alguém como você
tá fazendo nesse chiqueiro?
e eu respondi
eu sou poeta

ela jogou a cabecinha linda pra trás e começou a rir.

você? você... poeta?

pois é, respondi, é isso mesmo.

mesmo assim eu continuava achando ela uma beleza, uma beleza,
e tudo graças a um cavalo feioso
que escreveu este poema.

II
Crucifixo na mão de uma caveira

Poemas de 1963 a 1965

a treva está vazia;
quase todos os nossos heróis estavam
errados

vista através da tela

atravesso a sala
e vou até a última parede
a última janela
o último sol cor-de-rosa
com seus braços ao redor do mundo
com seus braços ao redor de mim
escuto o último suspiro da garça
os pensamentos ósseos das coisas marinhas
que são quase pedra;
essa tela encavada como uma alma
e rabiscada de moscas,
meus pecados e problemas
são os mesmos de um porco,
sol cor-de-rosa sol cor-de-rosa
odeio tua santidade
a rastejar na cruz de ouropel da vida
enquanto meus dedos e pés e meu rosto
se resumem a isso
dormindo com a safada da tua esposa

um dia você vai morrer por nada
assim como eu
vivi.

crucifixo na mão de uma caveira

sim, elas começam no salgueiro, eu acho
as montanhas de maisena começam lá no salgueiro
e seguem em frente sem se preocupar com
pumas e nectarinas
em certa medida essas montanhas parecem
uma idosa de memória fraca com
um cesto de compras na mão.
estamos numa depressão. a ideia era
essa. mergulhada em areia e alamedas,
essa terra surrada, socada, dividida,
presa como um crucifixo na mão de uma caveira,
essa terra comprada, revendida, recomprada e
vendida de novo, as guerras no passado distante,
os espanhóis de volta à Espanha
enfiados em dedais e na lama, e agora
cheia de corretores, loteadores, locadores, engenheiros
rodoviários negociando. esta é a terra deles, e
é nela onde anda a minha vida
perto de Hollywood aqui eu vejo a garotada dentro dos quartos
escutando discos de vinil

e fico pensando nos velhos fartos de música
fartos de tudo, e a morte e o suicídio
eu acho são coisas voluntárias, e se você pensa em arranjar
um pedaço de terra por aqui é melhor dar um pulo no
Grand Central Market e ver aquelas velhas mexicanas,
os pobres... é certo que você viu essas mesmas mulheres
muito tempo atrás
discutindo
com os mesmos jovens atendentes japoneses
sábios, instruídos e prósperos
entre sublimes estoques de laranjas, maçãs,
abacates, tomates, pepinos —
você já conhece *essas coisas*, tudo parece tão bom
como se você pudesse comer tudo
acender um cigarro e esquecer a maldade do mundo.
aí então é melhor voltar pros bares, os mesmos bares de sempre
de verdes antiquados e impiedosas madeiras
onde o policial novato faz sua ronda
amedrontado e em busca de confusão,
e a cerveja é sempre uma merda
e deixa aquele gosto podre de vômito e
decadência, e ali na sombra você precisa ser forte
pra ignorar tudo isso, ignorar os pobres, ignorar você mesmo
e com a sacola de compras presa entre as pernas
tudo tinindo ali embaixo entre abacates e
laranjas e o peixe fresco e as garrafas de vinho, quem precisa
do inverno típico de Fort Lauderdale?
25 anos atrás costumava ter uma puta ali
com uma tira no olho, e que era gorda demais
e fazia umas sinetas prateadas usando o papel laminado
do maço de cigarros. o sol parecia aquecer mais,

embora isso dificilmente fosse
verdade, e você apanha sua sacola de compras
e sai andando pela rua,
com a cerveja verde
pairando na boca do seu estômago
tipo uma manta pequena e indecente, e
aí você dá uma olhada ao redor e já não
vê mais nenhum velho
por perto.

grama

da janela
eu observo um homem com um
cortador de grama,
o barulho da tarefa lembra o de
moscas e abelhas
numa parede,
é como um fogo brando, e
melhor do que comer um bife,
e a grama está verde o suficiente
e o sol está sol o suficiente
e tudo que restou da minha vida
fica ali
observando a grama voando;
é um grande despir de
preocupações, nada como se afastar aos trancos
do trabalho.

de repente eu passo a entender
aqueles velhos sentados
os morcegos do Colorado

os piolhos que invadem os
olhos de pássaros mortos.

pra lá e pra cá
ele vai atrás do som
da gasolina. e isso é
interessante o suficiente,
com
as ruas
sorrindo em decúbito dorsal
primaveril.

os home

3 garotinhos correm na minha direção
apitando
e gritando
teje preso,
seu bêbado!
e começam
a me bater com
cacetetes de brinquedo.
um deles tem até
distintivo. o outro trouxe as
algemas, mas minhas mãos estão para o alto.

quando entro na loja
eles ficam zanzando lá fora
que nem abelhas
excluídas da colmeia.
compro minha garrafa de uísque
barato
e
3
barras de chocolate.

não é uma lady godiva

ela apareceu bêbada lá em casa
e parou na entrada montada num veado:
tem tanta mulher por aí querendo salvar o mundo
que é incapaz de deixar uma cozinha em ordem,
já *eu*...
a gente entrou e eu acendi três velas
vermelhas
servi o vinho e anotei umas coisas sobre
ela:

    latitude atrás
    longitude na
    frente. e o
    resto. in-
    crível. uma mulher dessas
    é capaz de achar
    uma zínia lá em Hot Springs
    Arkansas.

a gente comeu carne de veado durante três semanas.
depois ela dormiu com o proprietário pra ajudar a pagar

o aluguel.
aí arrumei um emprego de garçonete pra ela.
eu dormia o dia inteiro e quando ela chegava em casa
eu estava pronto praquelas conversas brilhantes que ela tanto
adorava.

uma noite ela morreu do nada mas o mundo
continuou
igual.

agora levanto cedo
vou até as docas e fico esperando
os repolhos
as laranjas
as batatas
caírem dos caminhões ou serem
descartados.

deu meio-dia já almocei e tô tirando um cochilo
sonhando em pagar o aluguel
com pedaços numerados de plástico
emitidos por um mundo
melhor.

os operários

eles riem sem parar
até quando
uma placa despenca
e deforma um rosto
ou distorce um
corpo
eles continuam
rindo,
quando seus olhos
ficam medonhos de pálidos
por causa da má
iluminação
eles ainda riem;
enrugados e imbecis
desde jovens
eles vivem fazendo piadas:
um homem com cara de sessenta
afirma
ter 32, e então todos caem na gargalhada
todos eles caem na gargalhada;

às vezes são deixados do lado
de fora pra tomar um pouco de ar
mas estão fadados a voltar
para prisões de onde não
fugiriam
mesmo se pudessem;
até do lado de fora, entre
homens livres,
eles não param de rir
e ficam andando a esmo
os passos
mancos e sem sentido
como se tivessem perdido
o juízo; do lado de fora
mastigam uma fatia de pão
pechincham, dormem, contam seus tostões,
olham perdidos as horas
e retornam;
às vezes em seus confins
até se tornam sérios
por alguns instantes e falam do
lado de *Fora*, de como deve ser
terrível
ser
deixado do lado de *Fora*
pra sempre, sem nunca poder
voltar;
faz calor enquanto trabalham
e eles ficam um pouco
suados
mas eles trabalham duro e

direito, trabalham tão duro
que os nervos se rebelam
e causam tremedeiras,
e eles com frequência são
louvados por aqueles
que se ergueram
dentre eles
como estrelas,
e agora as estrelas
estão de olho
estão de olho também
naqueles poucos
que podem retardar
o passo ou
afetar desinteresse
ou falsificar um
atestado
a fim de obter uma
folga (a folga deve ser
conquistada para dar força
a um trabalho ainda
mais perfeito).

volta e meia um deles morre
ou enlouquece
aí entra alguém
do lado de *Fora*
e recebe uma
oportunidade.

eu estive lá durante
muitos anos;

comecei achando o trabalho
monótono, meio
idiota,
mas agora vejo
o sentido de tudo,
e aqueles trabalhadores
desfigurados
que vejo não são tão
feios assim, e aquelas
cabeças míopes —
agora eu sei que aqueles olhos
conseguem enxergar
e estão aptos ao
trabalho.
as trabalhadoras
costumam ser as melhores
elas são facilmente adaptáveis
e com algumas delas
acabei fazendo amor em
horas de repouso; primeiro
elas pareciam
primatas
mas depois
vendo melhor
percebi
que eram coisas
tão vivas e reais quanto
eu mesmo.

outra noite
um velho empregado

grisalho e cego
sem serventia
foi aposentado
e enviado pro lado de *Fora*.

discurso! discurso!
exigimos.

foi um
inferno, ele disse.

a gente riu
todos os 4.000 de nós:
ele manteve o
bom humor
até o
fim.

feijão com alho

isso tem muita importância:
transformar os sentimentos em palavras
é melhor do que fazer a barba
ou temperar feijão com alho.
é o mínimo que podemos fazer
um pequeno gesto de coragem
com pitadas também é claro
do medo e da loucura
que existem em saber
que alguma parte de você
encordoada como um relógio
jamais poderá dar corda de novo
quando chegar a hora.
mas agora
tem um tique-taque debaixo da tua camisa
e você mexe os feijões com a colher,
um amor perdido, outro amor partido
um amor...
ah! tantos amores quanto feijões
sim, é hora de fazer as contas

triste, triste
teus sentimentos fervendo no fogo,
vá já escrever.

mamãe

aqui estou eu
        debaixo da terra
            de boca
            aberta
    e
mal consigo dizer
      mamãe
    e
os cães passam correndo e param pra fazer xixi
na minha lápide; eu percebo tudo isso
menos o sol
e meu terno tá meio
           amassado
e ontem
      o último terço do meu braço
           esquerdo   se foi
pouca coisa sobrou, tudo parece uma harpa
sem música.

pelo menos um bêbado
deitado fumando um cigarro

pode acionar 5 alarmes
                        de incêndio e
                        33 homens.

Já eu
não
              posso
                    fazer
                            nada.

mas p.s. — o Hector Richmond na tumba
ao lado só pensa em Mozart e doces
de larvas.
        ele é
                uma péssima
                        companhia.

metralhadoras torres & relógios de ponto

eu me sinto enganado por uns otários
como se a realidade pertencesse
a homens medíocres
cheios de sorte e favorecimentos
e me sento no frio
a cabeça em flores lilases
penduradas numa cerca
enquanto o resto deles
se entope de ouro
Cadillacs e
namoradas,
fico pensando em palmeiras
e lápides
e na relíquia de dormir
como um inseto num casulo;
ser um lagarto seria
ruim o bastante
ficar queimando no sol
seria ruim o bastante
mas nada tão ruim

quanto ser içado
à posição de Homem
sem querer entrar no
jogo, sem querer
metralhadoras e torres e
relógios de ponto,
sem querer um lava-jato
uma extração de dente
um relógio de pulso, abotoaduras
um radinho de pilha
pinças e algodão
um armário com estoques de iodo
sem vontade de festas
de um gramado na frente de casa
de reuniões musicais
sapatos novos, presentes de Natal
seguro de vida, *Newsweek*
162 jogos de beisebol
umas férias nas Bermudas.
sem vontade de nada, nada,
e julgo que as flores lilases
estão melhores do que eu
o lagarto está melhor,
a mangueira verde-escura
a relva eterna
as árvores as aves,
os gatos sonhando sob o sol
amanteigado estão
melhores do que
eu, que visto agora o velho casaco
e sinto falta dos meus cigarros

de chaves de carros
de mapas de estradas
e saio
rua afora
como um homem rumo à própria execução
vou andando
decidido,
vou direto
sem proteção
nem alento,
acelerando
a 120 quilômetros por hora,
cavalgando
maldizendo
soltando cinzas
as cinzas mortais de todas
as coisas mortais
queimando,
a lagarta viu menos
horror
os exércitos de formigas são
mais valentes
o beijo da serpente
menos voraz,
só peço que o céu
me queime cada vez mais
cada vez mais
de modo que o sol raie às
6 da manhã
e atravesse a meia-noite
que nem uma porta bêbada sempre aberta,

e eu parto no seu encalço
sem desejá-lo
e vou chegando perto, bem perto,
enquanto o gato se espreguiça
e boceja
e se volta pra dentro de
outro sonho.

um pouco pros especuladores, pras freiras, pros atendentes de supermercado e pra você...

a gente tem tudo e também não tem nada
e alguns homens resolvem na igreja
outros resolvem partindo borboletas
ao meio
outros resolvem em Palm Springs
enfiando em loiras amanteigadas
com almas de Cadillac
Cadillacs e borboletas
nada e tudo,
o rosto derretendo até o último suspiro
num porão em Corpus Christi.
tem um pouco pros palpiteiros, pras freiras,
pros atendentes de supermercado e pra você...
um pouco às 8 da manhã, um pouco na biblioteca
um pouco no rio,
tudo e nada.
no matadouro ela vem correndo no teto
presa num gancho, e você a balança —
um
      dois
           três

pronto, é toda sua, $200 de pura carne
morta, os ossos contra os seus
um pouco e nada.
é sempre cedo demais para morrer e
é sempre tarde o bastante,
e o sangue retirado na bacia branca
não significa absolutamente nada
e os coveiros jogando pôquer durante o
café ao amanhecer, esperando a relva
se livrar da geada...
eles não significam absolutamente nada.

a gente tem tudo e também não tem nada —
dias com arestas de vidro e o fedor insuportável
do musgo do rio — pior que bosta;
dias de xadrez, de ataques e contra-ataques,
de desinteresse, quando tanto faz a derrota ou
a vitória; dias lentos como mulas
de carga desleixadas e mal-humoradas e banhadas de sol
subindo a estrada onde um louco aguarda sentado em meio
a gaios e cambaxirras presos numa rede e podres
de pálidos.
dias bons também de vinho e gritaria, de brigas
em becos, de pernas gordas de mulheres apertando
tuas entranhas, gemendo de prazer,
as placas nas touradas são diamantes exclamando
Mãe Capri, dias de violetas rompendo o asfalto
dizendo pra você esquecer os exércitos passados e os amores
roubados.
dias de crianças falando cada bobagem e cada beleza
que nem selvagens tentando te enviar uma mensagem através de

seus corpos enquanto eles ainda estão
vivos o suficiente para ensinar e sentir e correr pra cima
e pra baixo sem amarras e salários e
princípios e posses e ideias de
jerico.
dias em que você pode chorar o dia inteiro num
quarto verde de porta trancada, dias
em que você pode rir do padeiro
porque ele tem umas pernas compridas, dias
de contemplar as cercas vivas...

e nada, nada. os dias dos
chefes, de homens amarelos
com mau hálito e pés grandes, homens
parecidos com sapos, hienas, homens que andam
como se não existissem melodias, homens
que acham inteligente contratar e demitir e
lucrar, homens de esposas onerosas, que eles possuem
como lotes de 20 hectares, para serem exploradas,
exibidas ou muradas, de modo a ficarem longe dos
incompetentes, homens que te matariam
porque não passam de loucos e que justificariam tudo com base
na lei, homens que, mesmo diante de
janelões de 10 metros de largura, não enxergam nada,
homens donos de iates de luxo capazes de dar a volta
ao mundo e que ainda assim nunca saem de dentro de seus
bolsos, homens iguais a lesmas, iguais a enguias,
iguais a vermes, e nem sequer tão bons quanto...

e nada. receber teu último salário
num porto, numa indústria, num hospital, numa

fábrica de aviões, num fliperama, numa
barbearia, no emprego que você não queria
mesmo.
imposto de renda, doença, servilismo, braços
quebrados, cabeças rachadas — todo o estofamento
saltando pra fora como num velho travesseiro.

a gente tem tudo e também não tem nada.
alguns se viram bem por algum tempo e
depois desistem. a fama acaba com eles ou o desgosto
ou a idade ou a falta de uma dieta adequada ou a sombra
na curva dos olhos ou as crianças na faculdade
ou carros novos ou umas costelas quebradas na viagem de esqui
na Suíça ou novos políticos ou novas esposas
ou tão somente o tempo e a ruína —
o homem que até ontem passava dez assaltos
desferindo ganchos ou enchia a cara durante três dias e
três noites ao pé das montanhas Sawtooth agora
é só uma coisa debaixo do lençol ou da cruz
ou da pedra ou de uma simples desilusão
ou está empacotando a bíblia ou seus tacos de golfe ou uma
valise: lá vão eles, lá vão eles! — quem diria
que todos eles vingariam.

dias como esse. como o teu dia de hoje.
quem sabe a chuva na janela tente
adentrar teu coração. o que você tá vendo?
o quê? onde você tá? os melhores
dias são às vezes os primeiros, às vezes
os do meio e às vezes até os derradeiros.
os terrenos baldios não vão nada mal, as igrejas nos

postais da Europa não vão nada mal. as pessoas nos
museus de cera congeladas na mais digna esterilidade
não vão nada mal, são um horror, mas não vão nada mal.
o canhão, pensa no canhão. e a torrada do
café da manhã o café quente o bastante a ponto de você
saber que sua língua continua firme. três
gerânios do lado de fora da janela, tentando ser
vermelhos tentando ser rosa tentando ser
gerânios. não causa espanto que as mulheres
chorem de vez em quando ou que as mulas não queiram
subir a serra. por acaso você tá num quarto de hotel
em Detroit atrás de um cigarro? mais um dia
bom. só um pouquinho. e enquanto
as enfermeiras deixam o hospital depois
de seus turnos, de saco cheio, oito enfermeiras
com diferentes nomes e diferentes destinos
para onde ir — atravessando o gramado, algumas delas
desejam apenas um café e um jornal, outras só querem
um banho quente, outras precisam de um homem, outras
sequer conseguem pensar direito. o que é o bastante
e não é o bastante. arcos e peregrinos, laranjas
sarjetas, samambaias, anticorpos, caixas
de lenços de papel.

sob o sol que aparece de vez em quando
há a sensação fumacenta que vem das cafeteiras
e o ruído enlatado de velhos aviões de guerra
e se você entrar em casa e correr o dedo
pelo peitoril da janela você vai sentir
a sujeira, talvez até um pouco de terra.
e se você olhar através da janela

lá estará o dia, e quanto mais você
envelhece mais você continua olhando
olhando
chupando de leve a língua
ah ah   não não   talvez

alguns agem com a maior naturalidade
outros agem de modo obsceno
em tudo quanto é lugar.

vem dançar comigo

tudo que é triste, vem dançar comigo —
loucos em casas de pedra
sem portas,
leprosos jorrando amor e canções
sapos tentando imaginar
o céu;
venham dançar comigo, objetos tristes —
dedos decepados em forjas
a velhice como panquecas no café da manhã
livros usados, pessoas usadas
flores usadas, amores usados
eu preciso de vocês
eu preciso de vocês
eu preciso de vocês:
a *coisa* fugiu
como um cão ou cavalo
morto ou perdido
implacável.

falta de quase tudo

a quintessência da pança
que mais parece um balão ensacado
é tão perturbadora
quanto pés subindo
a escada
quando você não sabe
de quem se trata.
claro, se você ligar o rádio
pode até esquecer
a gordura debaixo da camisa
ou os ratos enfileirados
que nem velhinhas no Hollywood Blvd
esperando o show
de humor.
eu penso naqueles velhotes
em quartos baratos
metidos em cuecas beges
procurando meias nas gavetas do armário
o tempo todo o relógio batendo
quente como uma

naja.
ah, mas também existem coisas decentes, talvez:
o céu, o circo
as pernas de mulheres saindo de carros,
uma gostosa entrando pela porta
como uma sinfonia de Mozart.
a balança diz 90, eis o
meu peso. são 2h10 da madrugada
dedicação é coisa de jogador de xadrez.
a causa nobre e singular
segue em discussão
enquanto
as pessoas fumam, mijam, leem Genet
ou a seção de quadrinhos;
mas talvez ainda seja cedo demais
para escrever praquela sua tia em
Palm Springs e dizer
qual é o problema.

nº 6

eu me contento com o cavalo nº 6
numa tarde chuvosa
o café de copinho descartável
na mão
falta só mais um pouco,
o vento fazendo
as cambaxirras rodopiarem
no telhado da arquibancada superior,
os jóqueis chegando
pra uma corrida de média distância
silenciosos
e a chuva mansa deixando
tudo
parecido
ao mesmo tempo,
os cavalos em paz uns
com os outros
antes da guerra dos bêbados
e eu na parte coberta da arquibancada
querendo fumar

um cigarro
conformado com o café,
até que aparecem os cavalos
e levam seus homenzinhos
dali —
tudo fúnebre e gracioso
e agradável
como o desabrochar
das flores.

não venha aqui, mas se você resolver aparecer...

é, claro, vou estar aqui a menos que eu esteja fora
e não adianta bater com as luzes apagadas
ou se houver barulho de vozes
eu posso estar lendo Proust
caso tenham passado um livro dele por baixo da porta
ou um de seus ossos pro meu ensopado,
e não me peça dinheiro emprestado nem
o telefone
nem o que sobrou do meu carro
embora você possa ficar com o jornal de ontem
uma camisa velha ou um pão de mortadela
ou ainda dormir no sofá
se não fizer escândalo de noite
e você pode falar de si
o que é o mais natural;
tempos difíceis recaíram sobre nós
só que eu não estou tentando criar uma família
pra estudar em Harvard
ou comprar propriedades de caça,
eu não estou mirando alto

só quero permanecer vivo
por mais um tempinho,
então se você de vez em quando bater
e eu não responder
e não tiver nenhuma mulher aqui
talvez eu tenha quebrado a mandíbula
e esteja atrás de arame
ou esteja caçando borboletas na
parede,
quer dizer, se eu não respondi
é porque eu não quis, pelo simples motivo
de que eu ainda não estou preparado pra te matar
ou te amar, ou até mesmo te aceitar,
significa que não quero falar
que estou ocupado, louco, satisfeito
ou talvez esteja pendurando uma corda;
então mesmo se as luzes estiverem acesas
e você escutar algum barulho
tipo uma respiração, uma prece ou uma canção
um rádio ou um lance de dados
uma máquina de escrever —
vá embora, não é o dia certo
nem a noite, nem a hora;
não se trata da ignorância da indelicadeza
eu não quero magoar ninguém, nem mesmo um inseto
só que às vezes eu recolho provas de um tipo
que precisa de classificação,
e teus olhos azuis, sejam eles azuis
e teus cabelos, se você tiver algum
ou tua mente — eles não podem entrar
até que a corda esteja cortada ou atada

ou até que eu tenha me barbeado
em outros espelhos, até que o mundo
esteja aberto ou parado
                    pra sempre.

como um fogo aceso de repente

que nem uma divindade grave meu gato
fica andando pra lá e pra cá
de um lado pro outro
com
um rabo elétrico
e uns olhinhos
que dão vontade de apertar

ele está
vivinho e
felpudo e
definitivo como uma ameixeira

nenhum de nós entende
as catedrais ou
o homem lá fora
regando o
gramado

se eu fosse um homem completo
como o gato
que ele é —
se existissem homens
assim
o mundo podia
começar

ele dá um pulo no sofá
e cruza
os pórticos da minha
admiração.

ensopado

ensopado ao meio-dia, querida; e veja bem:
as formigas, a serragem, as plantas
de mica, as sombras dos bancos que nem
péssimas piadas;
será que a gente vai ouvir
A noiva vendida hoje?
como anda seu dente?

eu devia lavar os pés e
cortar as unhas
não pra me sentir mais como Cristo
e sim
menos leproso —
o que é importante quando
a pobreza é um passatempo que você joga
com seu tempo.

vejamos: primeiro o carteiro
depois o exemplar de ontem do *Times*.
desse jeito

a gente vai acabar
indo pros ares quando já for
tarde demais.

e aí tem a biblioteca ou
uma caminhada nos bulevares.

inúmeros grandes homens
passearam pelos bulevares
mas é terrível ser
um grande homem

é tipo um macaco subindo uma ladeira de 2 km
com um saco de 10 kg de batatas nas costas.

Paris pode esperar.

mais sal?

depois de comer,
vamos dormir, vamos dormir.

não dá pra fazer dinheiro
acordado.

lírios lá no cérebro

os lírios assaltaram meu cérebro
é sério juro por deus
parecem tropas de assalto nazistas!
será que eu tô ficando
maluco?

teu casaco azul,
com teus seios soltos
por baixo, me bota
pensando no Cristo
crucificado, não sei por
que, e em casquinhas
de sorvete. nesse dia de julho
os lírios invadiram meu cérebro,
nunca me esquecerei disso
mas
se eu pelo menos tivesse uma
câmera
ou um cachorro bem grande do
meu lado. cachorros grandes dão

concretude às coisas
não é mesmo?
um cachorrão torcendo o
focinho melequento
como a superfície lisa desse
lago bagunçada
por um vento
ligeiro e sorrateiro.

você aqui, e eu triste
de novo. sinto minhas costelas de porco
apertando meu coração de cordeiro *urgh*
o trabalho duro dos meus intestinos
ingênuos, o pênis abatido
a bexiga chiclete
o fígado virando gordura
que nem uma puta de fliperama
as bundas envergonhadas
os ouvidos experientes
as mãos de barata
o nariz de peixe-espada
os lábios caídos e todo
o resto. o resto:
os lírios lá no cérebro
à espera de tempos melhores
pensando nos velhos tempos:
Capone e os brilhantes
Charlie Chaplin
O Gordo e o Magro
Clara Bow
e todo o resto.

isso nunca aconteceu
mas *parecia* que
em dados momentos a ruína de todas as coisas
parava
e esperava que nem um bonde
no sinal.

agora eu
igual um marginal de filme
(os lírios lá em cima)
pego sua mão
e a gente sai andando
e vai alugar um barco
pra se afogar. eu respiro o vento, contraio os músculos
mas só a minha barriga
se mexe.

entramos
o motor revira o
lodo.
os edifícios da cidade
mergulham como bocas
de avestruzes
e esvaziam
nossos cérebros
e ainda assim
o sol aparece
paf! paf! paf!
germes brilhantes rastejam na
nossa carne rachada. olha
parece que eu tô numa

igreja: tá tudo
fedendo. eu seguro as paredes de borracha
de tudo quanto é lugar
meus bagos são bolas de neve
vejo sinos repicados de malária
velhos deitando na
cama, entrando em Fordes bigodes
enquanto os peixes nadam debaixo da gente
cheios de palavrões e macarronadas
e de palavras-cruzadas
e de mortes: a minha, a sua e a dos
sobrinhos
do Capitão.

eu tô morto mas sei que os mortos não são assim

os mortos conseguem dormir
eles não acordam pra passar raiva
eles não têm esposas.

o rosto branco dela
feito uma flor na janela
fechada se ergue e
me olha.

a cortina fuma um cigarro
e uma mariposa morre num
acidente de carro
enquanto contemplo as sombras das minhas
mãos.

uma coruja, do tamanho de um relógio de bebê,
clama por mim, *vamos vamos*
diz ela, enquanto Jerusalém é arrastada
por corredores com micoses de virilha.

a grama das 5 da manhã está fanhosa agora
sob o rumor dos vales e de navios de guerra
sob a luz violentada que atrai
aves fascistas.

apago a luz e entro debaixo das cobertas
do lado dela, ela acha que eu tô ali
e geme um agradecimento cor-de-rosa
enquanto estico as pernas
como se estivesse num caixão
saio nadando pra longe
dos sapos e das sortes.

que nem violeta na neve

o mais cedo possível
        na curva azul do meio-dia
                te enviarei um telegrama
                      com
uma mão ossuda
        decorada com
pele de tubarão
        um
                garoto enorme com
dentes amarelos e um pai
epiléptico
        deixará o telegrama
                na sua
porta

    sorria
        e
            aceite

é melhor que
    a
outra alternativa

carta de longa distância

ela me escreveu uma carta de um pequeno
aposento perto do Sena.
disse que estava fazendo aulas
de dança. ela levantava, me disse
às 5 da manhã
e escrevia poemas na máquina
ou pintava
e quando sentia vontade de chorar
ela gostava de sentar num banco
em frente ao rio.

seu livro de *Canções*
ia sair
no outono.

eu não sabia o que dizer
mas
acabei falando
pra ela arrancar qualquer dente podre

e tomar cuidado com o namoradinho
francês.

coloquei a foto dela do lado do rádio
perto do ventilador
e ela começou a se mexer
que nem uma coisa
viva.

sentei e fiquei assistindo
até acabar de fumar os
5 ou 6
cigarros que restavam.

depois levantei
e fui pra cama.

homem ao sol

ela lê algo da *New Yorker* pra mim
uma revista que eu não compro nem entendo
como vem parar aqui, mas é
alguma coisa sobre a Máfia
sobre um dos chefões da Máfia
que comia demais e levava a vida numa boa
muita mulher metida à besta vivia afagando seus
bagos, e parece que ele engordou
de tanto mamar charutos e mamilos
de garotinhas e que volta e meia ele
tem uns ataques cardíacos — eis que
um dia alguém está levando o chefão
num daqueles carrões pela estrada
e ele não se sente muito bem
e pede pro garoto parar e deixar
ele descer e o garoto o faz deitar
na estrada sob a luz azul da tarde.
não sei direito se isso se passa em Creta ou
na Sicília ou de fato na Itália
mas lá está ele debaixo do sol

e antes de morrer ele diz:
mas como a vida pode ser bonita,
e então se vai.

às vezes você precisa matar 4 ou 5
mil homens antes de vir
a crer que o pardal
é imortal, que o dinheiro não vale
nada e que você andou perdendo
tempo.

mulher

a cabeça igual um pires
cheio de decoração
enquanto lábio a lábio a gente fica suspenso
num deleite mecânico;
minhas mãos ardem de melodias
mas eu fico pensando em livros
de anatomia
e me afasto de você
enquanto nações ardem de fúria...

pra se recuperar do erro mais crasso
e se reerguer, esse é o caminho
perda e recuperação
até que nos recolham.

a glória de uma tarde de sábado
que nem morder um pêssego maduro
e você anda pelo quarto
repleta de tudo
menos do meu amor.

como todos os anos perdidos

ontem a bêbada da Alice
me deu
uma compota de pêssegos
e hoje ela
fica chamando o gato
dela mas
ele não
aparece —
ele está junto com os cavalos
numa
banheira de cerveja
ou
no quarto 21
do Crown Hill
Hotel
ou então ele está no
Crocker
Citizens National
Bank
ou

chegou em
Nova York às
5h30 da tarde
com uma mala de papelão
e
$7.

perto da Alice
no quintal dela
um ganso de papelão
anda
de cabeça pra baixo
numa embalagem que diz:
Laranjas
da Califórnia.

a bêbada da Alice assobia.

não adianta. não adianta.
vai com calma.
todo mundo dá duro
menos os
deuses.

Alice entra e faz um
drinque e sai
de novo.
mais um assobio
que agora vai direto até
o banco da praça em
El Paso —

então seu amor sai
correndo de trás dos
arbustos
os olhos brilhantes como
uma película colorida
e nem espera
chegar
segunda-feira.

vamos juntos
pra dentro.

eles, todos eles, sabem

pergunte aos pintores nas calçadas de Paris
pergunte à luz do sol no cachorro dorminhoco
pergunte aos 3 porquinhos
pergunte ao jornaleiro
pergunte à música de Donizetti
pergunte ao barbeiro
pergunte ao assassino
pergunte ao homem encostado no muro
pergunte ao pastor
pergunte ao marceneiro
pergunte ao batedor de carteiras ou ao
      penhorista ou ao soprador de vidros
      ou ao vendedor de esterco ou
      ao dentista
pergunte ao revolucionário
pergunte ao homem que enfia a cabeça na
      boca do leão
pergunte ao homem que vai lançar a próxima
      bomba atômica
pergunte ao homem que acha que é Cristo

pergunte ao azulão que volta pra casa
      de noite
pergunte ao voyeur
pergunte ao homem morrendo de câncer
pergunte ao homem que precisa de um banho
pergunte ao perneta
pergunte ao cego
pergunte ao língua-presa
pergunte ao comedor de ópio
pergunte ao cirurgião que treme
pergunte às folhas que você pisoteia
pergunte a um estuprador ou a um
      motorneiro ou a um velho
      arrancando ervas daninhas do jardim
pergunte ao sanguessuga
pergunte ao treinador de pulgas
pergunte ao engolidor de fogo
pergunte ao homem mais miserável que você
      puder encontrar em seu momento
      mais miserável
pergunte a um mestre de judô
pergunte a quem monta elefantes
pergunte ao leproso, ao lenhador, ao lunático
pergunte a um professor de história
pergunte ao homem que jamais faz
      as unhas
pergunte a um palhaço ou ao primeiro rosto
      que aparecer no raiar do dia
pergunte a teu pai
pergunte a teu filho e ao
      filho que ele há de ter

pergunte a mim
pergunte à lâmpada queimada dentro do saco
pergunte aos tentados, aos malditos, aos tolos
    aos sábios, aos puxa-sacos
pergunte aos construtores de templos
pergunte aos homens que nunca gastaram sapatos
pergunte a Jesus
pergunte à lua
pergunte às sombras dentro do armário
pergunte à mariposa, ao monge, ao louco
pergunte ao desenhista das charges do
    New Yorker
pergunte ao peixe-dourado
pergunte à samambaia balançando por causa do sapateado
pergunte ao mapa da Índia
pergunte a um rosto gentil
pergunte ao homem escondido debaixo da tua cama
pergunte ao homem que você mais odeia na face
    da terra
pergunte ao homem que bebia com Dylan Thomas
pergunte ao homem que amarrava as luvas do Jack Sharkey
pergunte ao homem de cara triste bebendo café
pergunte ao encanador
pergunte ao homem que sonha com avestruzes toda
noite
pergunte ao bilheteiro do circo de horrores
pergunte ao falsário
pergunte ao homem dormindo no beco coberto
    por folhas de jornal
pergunte aos conquistadores de nações e planetas
pergunte ao homem que acabou de decepar o dedo

pergunte a uma passagem da bíblia
pergunte à água pingando da torneira enquanto
     toca o telefone
pergunte a quem perjura
pergunte ao azul profundo da pintura
pergunte ao paraquedista
pergunte ao homem com dor de barriga
pergunte ao olho divino tão elegante e líquido
pergunte ao jovem de calça apertada
     no colégio caro
pergunte ao homem que escorregou na banheira
pergunte ao homem mastigado pelo tubarão
pergunte ao cara que me vendeu um par de luvas
     erradas
pergunte a todos eles e a todos os outros que eu deixei de fora
pergunte ao fogo ao fogo ao fogo —
pergunte até aos mentirosos
pergunte a quem você quiser quando
você quiser no dia que você quiser
faça chuva ou faça sol
ou quando você estiver
entrando numa varanda
amarela e morna de calor
pergunte isso pergunte aquilo
pergunte ao homem com cocô de passarinho no cabelo
pergunte ao torturador de animais
pergunte ao homem que viu inúmeras touradas
     na Espanha
pergunte aos donos de Cadillacs novos em folha
pergunte aos famosos
pergunte aos tímidos

pergunte aos albinos
      e ao estadista
pergunte aos senhorios e aos jogadores de sinuca
pergunte aos impostores
pergunte aos assassinos de aluguel
pergunte aos carecas e aos gordos
      e aos altos e aos
      nanicos
pergunte aos caolhos, aos
      tarados e aos capados
pergunte aos homens que leem todos os editoriais
      do jornal
pergunte aos homens que cultivam rosas
pergunte aos homens que quase não sentem dor
pergunte aos moribundos
pergunte aos cortadores de grama e aos espectadores
      de futebol americano
pergunte a qualquer um desses ou a todos eles
pergunte pergunte pergunte e
      todos vão te dizer:

uma esposa puta da vida no alto da escada é mais
do que um homem pode suportar.

um dia legal

o vírus entra em estado de espera
os conceitos cedem que nem cadarços
gastos
a dor de dente e o bacon dançam no
gramado
eu abro uma gaveta cheia de
meias sujas de mulher
um universo de corretor da bolsa
esferas de aço borboleteiam como
borboletas
eu posso sentir a desgraça
debaixo dos lençóis
como uma coisa fedida vindo
na minha direção
o carteiro perdeu o juízo e
me entrega uma sacola cheia de lesmas
devoradas de dentro
pra fora
por algum roedor de ruínas
no hospício um homem beija as paredes

e sonha com passeios de velejo em algum
Nilo bacana
eu fico lendo sobre as touradas os jogos da rodada
as lutas de boxe
as coisas continuam a lutar
e nas igrejas eles se entretêm com jogos de
salão e com espiar as pernas
eu saio de casa e não encontro
absolutamente nada
a praça a rodela de laranja zero
chapéus em cima de bocas obscenas
de rêmoras que se formam quando eu passo
      bom dia, belo dia, não é mesmo?
      diz uma gorducha
eu sequer esboço uma resposta
e lá vou eu pela calçada
envergonhado
incapaz de contar pra ela
da faca que levo por dentro
mas eu notei que o sol está brilhando
que as flores estão sendo puxadas
por fios
e eu também:
banha, barriga, bunda, bukowski
acenando andando
dentes de gelo com sabor de açaflor
canais lacrimais propagandeados
sapatos sendo sapatos
chego na hora
da lutuosa luz
do meio-dia.

III

Rua do Terror esquina com Via da Agonia

Poemas de 1965 a 1968

era um belo dia de primavera
e na rua dava pra ouvir os pássaros
que tinham sobrevivido
à poluição

garrafa de cerveja

um milagre acabou de acontecer:
a garrafa escapuliu da minha mão
e caiu no chão virada pra cima,
botei ela na mesa pra parar de escorrer,
mas as fotos não tiveram a mesma sorte,
e o couro do pé esquerdo do meu sapato
rasgou um pouco, mas é tudo muito simples:
não dá pra querer muita coisa: existem leis
cuja existência ignoramos, pelo menor detalhe
pegamos fogo ou morremos de frio; o que faz
o melro parar na boca do gato
não nos cabe dizer, nem por que certos homens
são enjaulados feito esquilos de estimação
enquanto outros se aninham em seios fartos
em noites intermináveis – eis nosso
dever e nosso temor, e ninguém explica
o porquê. mesmo assim, que sorte a garrafa
ter aterrissado direito, e por mais que
eu tenha uma de vinho e outra de uísque,

isso pode ser o prenúncio de uma noite boa,
e talvez amanhã meu nariz terá crescido:
sapatos novos, menos chuva, mais poemas.

o corpo

faz tanto tempo
que estou enforcado
e decapitado aqui
que o corpo já esqueceu
por que
ou onde ou quando isso
aconteceu

e os dedos dos pés
andam em sapatos
que não dão
a mínima

e embora
os dedos
cortem coisas e
segurem coisas e
movam coisas e
toquem
coisas

tipo
laranjas
maçãs
cebolas
livros
corpos
não tenho
certeza suficiente
do que essas coisas
são

quase todas são
como
lâmpadas e
neblinas

então as mãos geralmente
vão parar na
cabeça perdida
e vão segurá-la
que nem uma criança
segura
uma bola
um troço
o ar e a madeira –
sem dentes
sem parte pensante

e quando uma janela
se escancara
para uma

igreja
uma serra
uma mulher
um cachorro
ou alguma coisa cantante

os dedos da mão
não sentem a vibração
porque não têm
ouvidos
não enxergam as cores porque
não têm
olhos
não sentem cheiro
sem nariz

o país segue firme como
uma tolice
os continentes

as luzes do dia e da noite
brilham
nas minhas unhas
sujas

e em algum espelho
meu rosto
uma forma a desaparecer
parte gasta da bola
de uma criança

enquanto tudo
está em movimento
vermes e aviões
incêndios na terra
violetas altas na santidade
minhas mãos largam tudo tudo
tudo

k.o.

era pra ser moleza, ele era gordo que nem um beija-flor
e eu deixava ele me atacar
e saía com um jab, trocava a guarda e ditava o ritmo:
todos estavam tomando cerveja
esperando a luta da noite, e eu pensando em
como a gente ia mobiliar a casa,
eu precisava de uma bancada e de ferramentas,
mas aí ele veio pra cima com um direto –
eu estava meio distraído olhando as luzes
e quando dei por mim todo mundo estava
gritando, e lá estava eu de joelhos como
se estivesse rezando, e quando levantei
ele estava com tudo e eu não estava com nada;
bem, pensei, vou voltar pra fazenda,
sempre fui um pobre vencedor.

domingo antes do almoço

espinafre, tudo, tudo,
vai tudo acabar, José,
barbados, barbados,
cadê o dedinho do pé?

troncos quebram, pássaros caem, prédios pegam fogo,
putas persistem,
bombas se conglobam,
de tarde, de manhã, de noite
manteiga de amendoim,
falcões amanteigados,
chuva com o cheirinho dos lírios da minha cabeça,
beijos feito grampos de aço
bocas de abacate,
bichas com beiços de hidra,
Flórida na lua cheia,
tubarão com homem na boca
homem com a boca cheia de manteiga, chuva
chuva espreitando as entranhas do crepúsculo,
cavalos sonhando com cavalos,

flores sonhando com flores,
guerreiros com guerreiros,
cavalos correndo com partes crepusculares da minha adorada
    carne,
torradas em chama, a Espanha torrando e
cidades sonhando com crateras,
bombas maiores que os bustos de todas as coisas,
vindo abaixo
os cervos são os viados da vez?
os cervos param diante das cercas
os cervos são bramantes manteigas,
um, dois, feijão com arroz,
vai ter FOGO, muito fogo,
beije beije beije
até que tudo suma,
espero que chova hoje, espero
que os jatos morram, espero
que o gato encontre o rato, espero
não ver isso, espero
que chova, espero
que tudo suma daqui,
espero uma ponte, um ponto, um cacto em algum lugar
cavanhaques cavalgando ao luar,
eu sonho com flores e cavalos
os troncos quebram os pássaros caem os prédios
pegam fogo, minha puta atravessa o quarto e
sorri pra mim.

7º páreo quando desceram anjos em cavalos de fogo

dei uma olhada no painel e vi que o 6 caiu pra 9
depois de uma saída de 18 numa linha de partida
que seria de 12... dois minutos pro fim das apostas e um gordo
não parava de me empurrar, mas acabou dando certo,
apostei 20 na vitória e me dirigi pra área externa
olhando meu programa:
ferraduras roxas e cor de cereja, mangas e boné cor de
cereja; 1.1.3., Vermelho-Índio – Impetuoso, por Top Row,
as pessoas ficavam esbarrando em mim
sendo que não tinha pra onde ir,
os cavalos estavam sendo alinhados no portão
mas as pessoas pareciam formigas sobre açúcar
derramado,
a máquina as perfilava para a morte
e elas sequer percebiam,
e agora chegando a 7ª corrida
começou a feder feio
um cheiro de suor
mas não tinha como voltar pro sonho,
e foi dada a largada

e comecei a procurar as minhas cores –
e as encontrei, meu jóquei parecia montar meio de lado
ele fazia o cavalo correr por dentro e puxava a cabeça do bicho
   pra trás
em direção à cerca interna,
e pela forma como o cavalo avançava dava pra ver
que ele já era;
o movimento estava todo errado
resolvi então ir pro bar
os vencedores se aproximavam da chegada
e eram feitas as últimas apostas enquanto eu pedia minha bebida,
e fiquei ali pensando
que conheci certos lugares que deixavam as paredes
se lamentarem com doçura
onde espelhos me revelavam a sorte,
e uma vez me entristeci quando uma tarde
enfim virou uma noite para mergulhar no sono.

– o atendente do bar disse, ouvi dizer que eles vão mandar
o número 7 no próximo.

um dia cantei operas e acendi velas
num lugar sacralizado por nada além de mim
e o que mais havia lá.

– eu nunca aposto em éguas no verão,
respondi.

e veio a multidão
cheia de reclamações
cheia de explicações

cheia de si
pensando em suicídio ou em bebedeira ou em sexo,
dei uma última olhada ao redor
como um homem que acorda na cadeia
e tudo que ali estava
assim ficou,
então terminei minha bebida
e fui embora.

sobre ir buscar a correspondência

o cômico meio-dia
quando esquadrões de minhocas aparecem que nem
strippers
pra serem estupradas por melros.

saio de casa
e por toda a rua
os exércitos verdes disparam cores
como um eterno 4 de Julho,
e parece que estou inflamado por dentro,
uma explosão desconhecida, uma
sensação, talvez, de que não há inimigo
algum
em lugar nenhum.

enfio a mão na caixa
e não encontro
nada – nem sequer uma
carta da cia. de gás dizendo que vai
cortar o gás
de novo.

nem sequer um bilhetinho da minha ex-esposa
se gabando do seu atual estado
de felicidade.

minha mão ainda vasculha a caixa postal numa espécie de
descrença mesmo depois da cabeça ter
desistido.

não há sequer uma mosca morta
lá dentro.

sou um idiota, penso, já devia saber que
a vida é assim.

entro em casa enquanto todas as flores
se abrem pra me agradar.

tinha alguma coisa? a mulher
pergunta.

nada, respondo, o que tem pro
café da manhã?

queria derrubar o governo mas tudo que consegui foi a esposa de outro cara

30 cachorros, 20 homens em 20 cavalos e uma raposa
e olha só, eles escrevem,
você é um fantoche do estado, da igreja,
você vive num sonho do ego,
você tem que conhecer sua história, estudar o sistema monetário,
perceber que a guerra racial já dura 23.000 anos.

bem, lembro de 20 anos atrás, sentado com um velho alfaiate
    judeu,
o nariz dele na luz que nem um canhão apontado pro inimigo;
    mais
o farmacêutico italiano que morava num apartamento caro
na melhor parte da cidade; a gente planejava derrubar
uma dinastia por um triz, o alfaiate cosendo botões numa roupa,
o italiano enfiando o charuto no meu olho, me inflamando,
eu mesmo uma dinastia por um triz, sempre o mais bêbado
    possível,
experiente, faminto, deprimido, quando bastava
uma bundinha gostosa pra acabar com meu rancor,

mas eu não sabia disso; eu ficava ouvindo meu italiano e meu
 judeu
e depois atravessava ruelas escuras fumando cigarros filados
e vendo o fundo das casas pegando fogo,
mas a gente fez alguma coisa errada: não éramos homens o bastante, grandes ou pequenos o bastante,
ou a gente só queria conversar ou então morrer de tédio, aí a
 anarquia não deu certo,
e o judeu morreu e o italiano se emputeceu porque eu fiquei com a
mulher dele quando ele desceu pra farmácia; ele não cuidava de
proteger seu *próprio* governo de ser derrubado, e ela o derrubou
 fácil, e
eu tive minha parcela de culpa: as crianças dormiam no outro
 quarto;
mas depois disso ganhei $200 num jogo de dados e peguei um
 ônibus pra Nova Orleans,
e fiquei numa esquina ouvindo a música dos bares
e depois entrei nos bares
e fiquei ali pensando no judeu morto
em como tudo que ele fazia era costurar botões e falar
e em como ele acabou cedendo mesmo sendo mais o forte de
 nós –
ele cedeu porque sua bexiga não aguentava mais
e talvez isso tenha salvado Wall Street e Manhattan
e a Igreja e Central Park West e Roma e o
Left Bank, mas a mulher do farmacêutico, ela era legal,
estava cansada de bombas debaixo do travesseiro e de avacalhar
 o Papa,
e ela tinha uma aparência muito bonita, umas pernas decentes,
mas acho que ela sentia o mesmo que eu: que o problema não
 era o Governo

mas o Homem, cada qual a seu tempo, que os homens nunca
    seriam tão fortes quanto
    suas ideias
e que as ideias eram governos em forma de homens;
e então tudo começou no sofá com um martini derramado
e terminou no quarto: o desejo, a revolução,
aquela bobagem toda acabou, e as persianas se agitavam com o
    vento,
se agitavam como sabres, troavam como canhões,
e 30 cachorros, 20 homens em 20 cavalos perseguiam uma raposa
através de campos banhados de sol,
e eu levantei da cama, bocejei e cocei minha barriga
e notei que em breve   muito em breve   eu ia ter que ficar
muito bêbado   de novo.

as garotas

faz 5 anos
que fico olhando
pro mesmo
    abajur
e ele acumulou
uma poeira de solteiro
e
as garotas que vêm aqui
estão sempre muito
ocupadas
pra limpá-lo

mas não me importo
até agora
andei muito
ocupado
pra perceber

que a luz
ilumina

pouco
 depois
 de 5 anos
de acúmulo.

um comentário sobre cartas de rejeição

não é nada legal
não conseguir atravessar
seja
a parede
a mente humana
o sono
a vigília
o sexo
a excreção
ou quase tudo
que você consiga
ou
não nomear.

quando uma galinha
apanha uma minhoca
a galinha conseguiu
e quando a minhoca
pega você
(vivo ou morto)
sou obrigado a dizer,

apesar da falta de
sensibilidade dela,
que a minhoca aprecia
o momento.

é como se você
me devolvesse
esse poema
e eu pensasse
que ele simplesmente não
passou.

ou existem
minhocas mais gordas
ou a galinha
está
cega.

a próxima vez
que eu quebrar um ovo
vou pensar em
você.

vou mexer com
o garfo

e então vou acender
o fogão

se eu
tiver
fogão.

história verídica

acharam ele andando no meio da estrada
cheio de sangue na
frente
ele tinha pegado uma lata enferrujada
e cortado o próprio aparelho
sexual
como se quisesse dizer –
tá vendo o que vocês fizeram
comigo? podem ficar com o
resto.

e ele enfiou uma parte de si
num bolso e
outra parte em
outro
e foi assim que o encontraram,
andando no meio
da estrada.

aí levaram ele pro
hospital

onde tentaram costurar
tudo de
volta
mas as partes estavam
bastante satisfeitas
do jeito que
estavam.

às vezes fico pensando nos melhores rabos
de saia
entregues aos
monstros do
mundo.

talvez aquilo fosse o protesto dele contra
isso ou
um protesto
contra
tudo.

um homem solitário e sua
Marcha da Liberdade
que nunca se espremeu
entre
resenhas de concertos e
resultados
de beisebol.

Deus, ou alguém,
o
abençoe.

ex-pugilista

ele tinha um bom gancho
aguentava bem
e adorava uma briga
vinha de sete vitórias seguidas e tinha uma pinta
em cima do olho
quando então topou com um garoto de Camden
de braços finos que nem arames –
foi uma das boas
os leões mansos rugiam e jogavam dinheiro pro alto;
ambos caíram e levantaram muitas vezes
mas essa ele perdeu
e a revanche também
quando não chegaram de fato a lutar
e ficaram agarrados sob as vaias feito dois amantes,
e agora ele trabalha com o Mike
trocando pneus e óleo e baterias,
a pinta sobre o olho,
ainda um jovem,
mas não dá nem pra perguntar,
não dá pra perguntar nada

a não ser talvez
será que vai chover?
ou
será que vai dar sol?
ao que ele geralmente vai responder,
claro que não,
mas seu tanque estará cheio e você
irá embora.

classe

esses garotos têm classe
eles deviam transformar
velhos em reis
enquanto apertam cigarros
em quartos pequenos o bastante
pra reconhecer
uma única sombra;
pra eles
tudo escapou
como a luz debaixo de uma
porta
e ainda assim
eles reconhecem e
suportam a ausência;
enganados e reduzidos a
nada
esperam a morte
com a mesma paciência da
mãe que ensina o filho
a comer;

pra eles tudo
se perdeu
como uma rosa na boca
de um porco;
o incêndio das cidades
deve ter sido
assim.
mas que nem caminhões de lixo
sacolejantes de amor
esses garotos
podem
se erguer como Lorca
da beira da estrada
com mais um poema,
se erguer como
Lázaro pra
contemplar as
mulheres ainda vivas,
e depois
beber
encher a cara
até tudo
desmoronar
tão triste
de novo.

viver

quer dizer, acabei de dormir
e acordei com uma mosca no cotovelo
batizei ela de Benny
depois a matei
aí levantei e dei uma olhada
na correspondência
tinha uma espécie de aviso do
governo
mas como não tinha ninguém armado
entre os arbustos
rasguei a carta
e voltei pra cama e fiquei olhando pro teto
pensando, como isso é bom,
vou ficar deitado aqui mais dez
minutinhos
e fiquei ali por mais dez minutos
pensando,
não faz sentido, tenho tanta coisa pra
fazer mas vou ficar mais meia hora aqui
deitado,

e me espreguicei
                e me espreguicei
e fiquei vendo o sol atravessar as folhinhas de uma árvore
lá fora, e não tive nenhuma ideia mirabolante,
nenhum pensamento imortal,
e essa foi a melhor parte
até que começou a esquentar
e me livrei da coberta e dormi –
e tive um sonho maldito:
lá estava eu de novo no trem
naquela longa viagem pra ver as corridas,
sentado na janela,
passando pelo mesmo triste oceano, a China lá fora falando
umas bizarrices no fundo do meu
cérebro, e então alguém sentou do meu lado
e começou a falar de *cavalos*
uma conversa cheia de naftalina que me partiu ao meio como
a morte, e lá estava eu
de novo: os cavalos correndo que nem na
televisão e os jóqueis de rostos muito brancos
e pouco importava quem vencesse
afinal, isso todo mundo já
sabia, e o retorno no sonho foi igual ao
retorno na realidade:
toneladas negras de noite em volta
as mesmas montanhas envergonhadas de estarem
ali, mais uma vez o mar, mais uma vez o mar,
o trem avançando que nem caralho em buraco de
agulha
e eu tendo que levantar pra ir no banheiro

sendo que eu odiava levantar pra ir no banheiro
porque alguém ia ter jogado papel no vaso, algum otário ia ter
    jogado papel
no vaso de novo e não daria pra dar
descarga, e quando eu voltasse
aqueles desocupados iam ficar olhando pra minha
cara
e eu ia estar tão cansado
que eles saberiam pela minha cara
que eu odeio
eles
e eles me odeiam
e querem
me matar
mas não matam.
   acordei mas como não tinha ninguém
   na cama
   pra dizer que aquilo era
   errado
   dormi mais
   um pouco.
dessa vez quando acordei
já era quase
noite. as pessoas estavam voltando do trabalho.
levantei e sentei numa cadeira e fiquei olhando o povo
chegar. ninguém parecia bem.
mesmo as garotas mais jovens não pareciam tão bem como
de manhã.
e os homens entravam: capangas, assassinos, ladrões, vigaristas,
gente de todo tipo, e seus rostos eram mais horrendos que
    qualquer
máscara de dia das bruxas.

vi uma aranha azul num canto e resolvi matá-la com uma
vassoura.

fiquei olhando as pessoas mais um pouco, mas fiquei cansado e
parei de olhar e fui fritar uns ovos e depois sentei
e tomei um pouco de chá com um pedaço de pão.

me senti bem.

depois tomei um banho e voltei pra
cama.

a intelectual

ela escreve
sem parar
parece uma mangueira
pingando
o tempo todo
e ela discute
sem parar;
não há nada
que eu possa dizer
que não acabe virando
outra coisa,
então
desisto de falar;
até que finalmente
ela vai embora
mas continua discutindo
dizendo
algo do tipo –
eu não tô *tentando*
causar uma impressão

em você.

mas eu sei
que ela vai
voltar, elas sempre
voltam.

e
às 5 da tarde
ela vem bater na porta.

deixo ela entrar.

não vou ficar muito tempo, ela diz,
se você não me quiser.

tá tudo bem, eu digo,
só preciso tomar um
banho.

ela vai pra cozinha e
começa a lavar a
louça.

parece casamento:
você aceita
tudo
como se
nada tivesse acontecido.

dose de uísque barato

eu costumava ficar com o braço levantado
segurando meu cartão da previdência,
ele me disse,
mas eu era tão pequeno
que eles não conseguiam ver,
todos aqueles grandalhões
ao meu redor.

você tá falando daquele lugar
com uma tela verde?
perguntei.

isso. bem, não importa, finalmente consegui entrar
outro dia
pra colher tomates e, meu Deus,
não dava pra se mexer
fazia um calor dos infernos
e eu não conseguia colocar nada na sacola
aí resolvi deitar embaixo do caminhão
na sombra e fiquei bebendo

vinho. não ganhei um
centavo.

toma uma bebida, eu disse.

claro, ele respondeu.

duas mulheres grandes entraram
quer dizer, grandes, não, ENORMES,
e sentaram perto da
gente.

uma dose de red-eye, uma delas
pediu pro garçom.

pra mim também, disse a outra.

elas puxaram a barra
dos vestidos pra cima e
cruzaram as pernas.

ai, ai. assim fico maluco, falei
pro meu amigo da plantação de tomates.

Jesus, ele disse, Jesus do céu, não
acredito no que tô vendo.

tá tudo
ali, eu disse.

você luta? a mais perto de mim
perguntou.

não, respondi.

que que aconteceu com seu
rosto?

acidente de carro na estrada pra San
Berdoo. um bêbado passou por cima da mureta. eu era
o bêbado.

quantos anos *você* tem, paizinho?

o suficiente pra te sustentar, eu disse,
batendo a cinza do charuto dentro da cerveja pra me dar
força.

você consegue *se* sustentar? ela perguntou.

você já foi perseguida pelo Mojave e
estuprada?

não, ela disse.

puxei minha última nota de 20 e com o descomedimento
viril típico de um velho pedi
quatro bebidas.

ambas sorriram e levantaram ainda mais
a barra dos vestidos, como se fosse possível.

quem é o seu amigo? elas perguntaram.

esse é o Lorde Chesterfield, respondi.

prazer te conhecer, elas
disseram.

olá, vadias, ele respondeu.

a gente atravessou andando o túnel da rua 3
e parou num hotel verde. as garotas tinham uma
chave.

só tinha uma cama e nós 4 deitamos
nela. não sei quem pegou
quem.

na manhã seguinte meu amigo e eu
fomos parar no Farm Labor Market
na rua San Pedro
segurando e balançando nossos cartões
da previdência.

eles não conseguiam ver
o dele.

eu fui o último a entrar no caminhão. uma mulher imensa se
　　meteu
na minha frente. ela cheirava a
vinho do porto.

doçura, ela perguntou, que diabos aconteceu com o teu
rosto?

foi no zoológico, o leão não foi
com a minha cara.

mentira, ela disse.

talvez, eu disse, mas pode ir tirando
a mão do
meu pau. tá todo mundo olhando.

quando a gente chegou na
plantação o sol já estava
bem alto
e o mundo
parecia
um inferno.

conheci um gênio

conheci um gênio hoje
no trem
ele tinha uns 6 anos
e sentou do meu lado
e enquanto o trem
contornava a costa
a gente se deparou com o oceano
aí ele virou pra mim
e disse,
não é bonito.

foi a primeira vez que me dei
conta
disso.

pobreza

quem te faz seguir em frente
é o homem que você nunca viu,
aquele que pode chegar
a qualquer momento.

ele não se encontra nas ruas nem
nos edifícios nem nos
estádios,
e se ele anda por aí
a gente acabou se desencontrando.

ele não é um dos nossos presidentes
nem um dos nossos governantes ou atores.

eu me pergunto por onde ele anda.

eu ando pelas ruas
passo por farmácias e hospitais e
teatros e cafés
e me pergunto se ele não passou por ali.

já faz quase meio século que estou procurando
mas ele ainda não foi visto.

um homem vivo, vivo de verdade,
quando abaixa as mãos
depois de acender um cigarro
você vê seus olhos
e eles parecem os olhos de um tigre encarando o tempo
através do vento.

mas quando suas mãos ficam pensas
é sempre
sempre
um outro olhar
o que vemos.

e em breve será tarde demais pra mim
e eu terei vivido uma vida
entre farmácias, gatos, lençóis, saliva,
jornais, mulheres, portas e outros sortimentos
mas jamais terei sido
um homem vivo,
vivo de verdade.

um beijo de boa-noite nos vermes

calmo demais para morrer mas não
para matar tomo a pílula verde
do meu médico
bebo chá
enquanto os tubarões nadam em vasos
de flores
eles dão dez voltas
vinte
em busca do meu coração
de maricas
numa estranha noite de maio em
Los Angeles
domingo
alguém toca
Beethoven

sento atrás das persianas baixadas
numa emboscada
enquanto homens ambiciosos com seus carros novos e
suas novas loiras

mandam nas ruas
estou num quarto alugado
esculpindo um rifle de madeira
fazendo desenhos de mulheres peladas
de touros
de casos de amor
de velhos
nas paredes com gizes
de cera
cabe a cada um de nós viver do
melhor jeito que puder
enquanto generais, médicos, policiais
nos reprimem e nos
torturam

tomo banho uma vez por dia
tenho pavor de gatos e
sombras
mal consigo dormir
quando meu coração parar
o mundo inteiro vai ficar mais rápido
melhor
mais quente
haverá um verão após o outro
o ar será cristalino como um lago
e o sentido
também

mas enquanto isso
a pílula verde
esses pisos gordurosos longe

da avenida e
lá embaixo uma conspiração de vermes de vermes de
vermes
e aqui em cima
nenhuma ninfa loira
pra me amar e dormir comigo enquanto fico
esperando.

john dillinger e *le chasseur maudit*

é uma pena, e não é meu estilo, mas estou pouco me lixando:
garotas me lembram cabelos no ralo, me lembram intestinos
e bexiga e movimentos excretórios; também é uma pena que
carrocinhas de sorvete, bebês, válvulas de motor, plagióstomos,
    palmeiras,
passos no corredor... tudo isso me deixa excitado como uma
lápide; em lugar nenhum, talvez, exista refúgio a não ser
em saber que existiram outros homens atormentados:
Dillinger, Rimbaud, Villon, Babyface Nelson, Sêneca, Van Gogh,
ou mulheres desesperadas: lutadoras, enfermeiras, garçonetes,
    prostitutas
poetisas... apesar de que
admito que quebrar cubos de gelos é importante
ou um rato farejando uma lata de cerveja vazia —
dois vazios profundos se olhando,
ou o mar noturno entupido de navios asquerosos
que invadem a rede de segurança da sua mente cheios de luzes,
de luzes salgadas
que te tocam e te abandonam
pelo amor mais consistente de uma Índia qualquer;

ou dirigir longas distâncias sem motivo aparente
drogado de sono diante de janelas abertas que
rasgam e golpeiam sua camisa que nem um pássaro assustado,
e sempre os semáforos, sempre vermelhos,
incêndios noturnos e derrota, derrota...
escorpiões, restos, embrulhos:
ex-empregos, ex-esposas, ex-rostos, ex-vidas,
Beethoven no túmulo tão morto quanto uma beterraba;
carrinhos de mão vermelhos, sim, talvez,
ou uma carta do Inferno assinada pelo diabo
ou dois bons rapazes descendo a porrada um no outro
num estádio de merda cheio de gritos fumarentos,
mas na maioria das vezes, tô nem aí, fico sentado aqui
com a boca cheia de dentes podres,
fico sentado lendo Herrick e Spenser e
Marvell e Hopkins e Brontë (Emily hoje em dia);
e ouvindo *A Bruxa do Meio-Dia* de Dvorak
ou *Le Chasseur Maudit* de Franck,
a verdade é que não tô nem aí pra nada, e isso é uma pena:
ando recebendo umas cartas de um jovem poeta
(muito jovem, ao que parece) dizendo que um dia
com certeza serei reconhecido como
um dos maiores poetas do mundo. *Poeta!*
uma má conduta: hoje caminhei ao sol pelas ruas
da cidade: não vi nada, não aprendi nada, não me tornei
nada, e voltando pra casa
passei por uma velha que me deu um sorriso horripilante;
ela já estava morta, e tudo me fazia pensar em cabos:
cabos de telefone, cabos elétricos, cabos para rostos elétricos
encurralados que nem peixes de aquário e sorrindo,
e os pássaros tinham partido, nenhum pássaro queria um cabo

ou o sorriso do cabo
aí fechei a porta (até que enfim)
mas tudo permaneceu igual através da janela:
uma buzina soou, alguém riu, uma privada deu descarga,
e então de um jeito estranho
pensei em todos os cavalos numerados
que partiram entre gritos,
partiram como Sócrates, partiram como Lorca,
como Chatterton...
prefiro pensar que ninguém vai ligar pra nossa morte
a não ser pra ligar o forno, um problema
que nem jogar o lixo fora,
e embora eu tenha guardado as cartas do jovem poeta,
não acredito nelas
mas assim como
com as palmeiras enfermas
e o pôr do sol
de vez em quando
dou uma olhada nelas.

aquele que ama flores

nas montanhas Valkerie
entre os pavões exibidos
vi uma flor
tão grande quanto a minha
cabeça
e quando fui
cheirá-la

perdi um lóbulo da orelha
um pedaço do nariz
um olho
e meio maço
de cigarros.

no dia seguinte
voltei
pra arrancar a maldita
coisa do lugar
mas achei ela tão

bonita que acabei
matando o
pavão
em vez dela.

multa de trânsito

abandonei de novo o emprego
e a polícia me parou
por atravessar um sinal vermelho na av. Serrano
minha cabeça estava nas nuvens
e eu estava imerso num monte de folhas
que subiam até meus tornozelos
mantive a cabeça virada
pra eles não sentirem o cheiro forte
da bebida
daí recebi a multa e voltei pro meu canto
e esbarrei numa bela sinfonia no rádio,
uma dos russos ou alemães,
uma daqueles caras durões e sombrios
mas ainda assim eu podia sentir a solidão e o frio
aí fiquei acendendo cigarros
e liguei o aquecedor
e vi jogada no chão
uma revista com a minha foto
na capa
e peguei ela do chão

mas não era eu
porque o passado já passou
e o presente se resume a ketchup
e cães de corrida
e doenças
e mulheres algumas mulheres
momentaneamente tão belas
como qualquer catedral,
e agora está tocando Bartok
que sabia o que estava fazendo
o que significa que ele não sabia o que estava fazendo,
e amanhã presumo que vou voltar
praquela merda de trabalho
que nem um homem pra esposa com quatro filhos
caso me aceitem de volta
mas hoje sei que escapei de
algum tipo de esquema,
30 segundos a mais e eu poderia estar morto,
e é importante reconhecer
a gente precisa reconhecer
esse tipo de momento
se quisermos continuar
a aproveitar as tripas e o crânio saqueado de uma
flor   de uma montanha   de um navio   de uma mulher
do código da geada e da pedra
tudo virando uma sensação momentânea
que esteriliza que nem a porra do melhor sabão no mercado
e traz de volta Paris, Espanha, os gemidos de Hemingway,
a madona triste, o touro recém-nascido,
uma noite num armário pintado de vermelho
bem dentro de você,

e espero pagar a multa
muito embora eu não tenha (acho) avançado o sinal
mas
eles dizem que sim.

uma soneca e um pouco de paz de espírito

se você é um homem, Los Angeles é onde você deixa de ser e
vai à luta; e se você é uma mulher, e tem pernas longas o suficiente e
tudo mais, você desfila num cenário montanhoso de modo que
quando envelhecer você possa se esconder em Beverly Hills
numa mansão onde ninguém poderá ver o quanto você decaiu.
então nos mudamos pra cá – e demos logo de cara com
um maníaco religioso no muquifo ao lado que
bebe vinho barato e fica alucinando e escutando o rádio
no volume máximo, meu deus!
já sei todos os hinos de cor!
sei exatamente o quanto pequei e já percebi que devo morrer
e que é preciso estar pronto...
mas seria bom tirar um cochilo antes
só uma soneca e aquela paz do silêncio.

abro a janela e lá está ele
no gramado
dançando um hino
um cântico
seja lá o que for.

ele está com uma bermuda vermelha
bem bronzeado e bêbado de vinho
seus movimentos são duros e estranhos —
ele é muito gordo
um homem-noz, deformado e disforme aos
55 anos.
e ele fica balançando os braços ao sol e os pássaros voam
assustados
e depois ele volta rodopiando pra porta de casa.

mas a vista pra rua daqui é boa —
dá pra ver japoneses e velhas e garotas e
mendigos.
tem umas palmeiras imensas
cheias de passarinhos
e as vagas não são nada mau...
mas nosso maníaco religioso não trabalha
ele é esperto demais pra trabalhar
e assim nós dois ficamos à toa
ouvindo rádio
bebendo
e eu me pergunto quem de nós vai primeiro pro inferno —
ele com a sua bíblia ou eu com meu Programa de Corridas
mas se eu tiver que ficar ouvindo ele lá embaixo vou precisar de
alguma ajuda e a próxima dança será minha.

nesse instante eu queria ter algo pra vender pra poder me esconder num
lugar
com muros de quatro metros de altura
fossos

e cadeiras elétricas.
mas isso parece estar a longos dias e noites de distância,
como sempre.
o que por ora me resta é no mínimo esperar queimar
a válvula do rádio
e no máximo aguardar a morte dele,
para a qual ambos estamos orando
e a postos.

ele até parecia um cara legal

ele empacotou tudo direitinho em diferentes caixas
e enviou as pernas pra uma tia em St. Louis
a cabeça pra um chefe escoteiro no Brooklyn
a barriga pra um açougueiro vesgo em Des Moines,
os órgãos sexuais femininos foram enviados pra um jovem padre
    em Los Angeles;
os braços ele deu pro cachorro
e guardou as mãos pra usar como quebra-nozes, e todas as
diferentes partes restantes
como peitos e bundas ele ferveu e transformou numa sopa
que curiosamente
estava mais gostosa do que nunca.

ele gastou todo o dinheiro da carteira dela
num bom vinho francês, em feijões, meio quilo de maconha
e dois periquitos; comprou a poesia reunida do
Keats, uma bandana vermelha de 2 metros, uma tesoura com
cabo de marfim e uma caixa de bombons pra
senhoria.

daí passou três dias e três noites bebendo comendo e dormindo
e quando a polícia chegou
ele parecia bem amigável e calmo
e durante todo o percurso até a delegacia
falou sobre o tempo, a cor das montanhas,
coisas desse tipo, de forma alguma parecia ser
aquele tipo de assassino.

foi muito estranho.

crianças no céu

os garotos aparecem
os garotos escalam o
poste marrom
enquanto o aquecedor murmura
em espanhol
os garotos sobem no
poste marrom –

Carlos Magno lutou por isso
Il Duce foi arrancado do carro
esfolado como um urso
e pendurado
de cabeça pra baixo
por isso –

os garotos escalam
o poste marrom
são uns 3 ou 4
ao todo;
a gente acabou de se mudar

pra esse prédio,
os quadros ainda estão
guardados, as cartas da
Inglaterra e de Chicago e
de Cheyenne e
Nova Orleans,
mas a cerveja está gelada
e tem 5 laranjas
e 4 peras em cima da mesa
a vida não é nada
mau
a não ser quando alguém cobra
$15 pra
ligar o gás;
os garotos sobem no poste telefônico
pra pular nos telhados
verdeazuis
das garagens
e eu fico ali pelado
atrás da cortina,
fumando um charuto
e impressionado
impressionado como nunca
como se
a Virgem Maria
estivesse dançando
lá fora;
e ao norte
da janela
vejo 2 homens
alimentando

45 pombos
e os pombos
ficam andando em diferentes círculos
de 8 ou 10
como se estivessem amarrados
por uma corda que fica girando,
e são 3 horas
da tarde e
o charuto cai bem.

Cícero lutou por isso,
Jake LaMotta e
Waslaw Nijinsky,
mas alguém roubou
nosso violão
e faz semanas
que não tomo
minhas vitaminas.

os garotos correm nos
telhados verdeazuis
enquanto os pombos levantam
voo ao norte;
tudo é excessivamente
sagrado
e eu sopro
uma fumaça macia
e cinza.

então uma mulher num casaco vermelho
sem dúvida uma oficial

uma matrona do
saber
decide que
o céu precisa
de limpeza:

*Ei! ! ! meninos, desçam já
       DAÍ!*

é bonito que nem
cervos
fugindo de um
caçador.

Agrippina lutou por isso,
até mesmo Mitrídates,
até mesmo William Hazlitt.

não há mais nada a fazer
agora
a não ser desfazer as malas.

o tempo está quente na parte de trás do meu relógio

o tempo está quente na parte de trás do meu relógio
que está no Finkelstein
que foi premiado com 3 bolas
mas nenhum coração, e você tem que entender que
quando o touro beija a lona
ou a puta cai de boca, aí o coração fica de lado e outra coisa entra
    em jogo,
e não me venha supervalorizar a decência mais óbvia
porque num jogo de dados você pode estar fodendo com a vida
de um rei de pernas bambas com 6 filhos
e uma hemorroida no cu já no último cheque do seguro-desem-
    prego,
e quem ousa dizer que a rosa vale mais que o espinho?
eu não, Henry,
e quando os joelhos do seu amor ficarem frouxos e ela preferir
    rasteirinhas,
talvez você pense que devia ter se enfiado em alguma outra coisa
tipo um poço de petróleo
ou um rebanho de vacas,
estou velho demais pra discutir,

eu me mandei com o poema
e fui nocauteado com um soco no estômago,
assalto atrás de assalto,
mas às vezes gosto de pensar no Kaiser
ou em qualquer outro imbecil cheio de medalhas e nada mais,
ou na primeira vez que a gente leu Dos Passos
ou Eliot com a barra das calças enrolada;
o tempo está quente na parte de trás do meu relógio
que está no Finkelstein,
mas sabe como é que é: a vida é dura em toda parte,
e lembro de uma vez vagabundeando no Texas
ter assistido a uma caça de corvos, cem fazendeiros com cem
    espingardas
masturbando o céu com um pênis gigante de ódio
e os corvos caíam meio vivos, meio mortos,
e terminavam de ser mortos com pauladas pra poupar munição
mas a munição acabou antes de acabarem os corvos
e os corvos voltaram e ficaram andando em volta das balas
e mostrando a língua
e choraram seus mortos e elegeram novos líderes
e depois do nada voaram de volta pra casa pra trepar e preencher
    o vazio.

só dá pra matar o que não devia estar ali,
e Finkelstein devia estar ali e meu relógio
e talvez eu mesmo, e me dou conta de que se os poemas são ruins
é porque isso era esperado e se são bons
é porque isso era igualmente esperado – embora haja uma luta
    menor
a ser travada,
mas ainda assim estou triste

porque eu estava numa cidadezinha em algum canto do interior,
bem fora de mão, sem a menor vontade de estar ali,
com dois dólares na carteira, quando um fazendeiro virou pra mim
e perguntou que horas eram
e eu não soube dizer,
e depois eles juntaram todos os corvos pra fazer uma fogueira,
como se não passassem de um monte de estrume com penas,
penas e um pouco de gasolina,
e do fundo de uma pilha
um corvo não muito morto sorriu pra mim.

eram 4h35 da tarde.

recado pra uma senhora que esperava um rupert brooke

mas o quê, o *que* que você esperava? um colegial recitando errado
 Donne? ou
um amante mais prático que vai encher você com o fedor da Vida?
eu sou um paspalhão, e não um cavalheiro: eu cruzei a ponte do
 Brooklyn
com Crane de pijama, mas o suicídio não funciona com a idade:
há cada vez menos a matar.

daí que entre a pele e as costeletas de cordeiro, as gravatas enfermas de
outros armários, eu tramo tramas redondas que nem laranjas
plenas da música dos meus resmungos astuciosos.

Brooke? não. eu sou um macaco com uma azeitona perdido na
areia circense do seu sorriso, micos de circo, tigres de circo,
financistas loucos de circo trepando com as secretárias antes
das 5h15... o que *você* esperava?

um rostinho corado pingando cores de Picasso na sua cabecinha
 oca?

então, o quarto ficou azul com a fervura da minha angústia,
   diacho,
um mar de insensibilidade
e eu caí os dedos encharcados até a última gota do seu sumo,
caí entre as vinhas espinhentas amaldiçoando seu nome,
nada cavalheiro
nada cavalheiro,
um amor tipo beijo de despedida igual picada de cobra,
a varanda zunindo de moscas, zunindo de moscas
e mocas, e seus lábios vermelhos que gritavam,
   suas lâmpadas que gritavam
rachadas que nem contas vencidas:

SEU BÊBADO! VOCÊ TÁ BÊBADO DE NOVO!
AH, SEU IDIOTA!

então, Yeats, Keats, tetas... nada além de um damasco!

quê, o que que aconteceu com a Espanha? meu bom Lorca?
a revolução? preciso entrar na brigada!
deixa eu sair daqui!

a diferença entre o bom e o mau poeta é a sorte

acho eu.
eu morava num sótão na Filadélfia
e como lá fazia muito calor no verão eu vivia dentro dos
bares. eu estava sem um tostão, daí peguei os últimos trocados
e paguei um anúncio no jornal dizendo que eu era um escritor
à procura de trabalho...
o que era uma mentira deslavada; eu era um escritor
em busca de algum tempo livre, um pouco de comida e grana
pro aluguel.
alguns dias depois quando finalmente voltei pra casa
vindo de lá sei onde
a proprietária disse, tem alguém atrás de
você. e eu respondi,
deve ser um engano. ela disse,
não, é um escritor e ele disse que precisa de ajuda pra escrever
um livro de história.
ah, que ótimo, eu falei, e assim consegui mais uma semana
de aluguel – quer dizer, aluguel de graça –
então fiquei ali sentado bebendo vinho a crédito e vendo os
    pombos fogosos

sofrendo e trepando em cima do telhado escaldante.
liguei o rádio bem alto
fiquei bebendo vinho e pensando em como transformar um livro
 de história em
algo interessante, porém verdadeiro.
mas o canalha nunca mais apareceu,
e eu acabei me juntando a um grupo de ferroviários
que ia pro Oeste
e eles nos davam comida enlatada sem nenhum
abridor
e a gente quebrava as latas nos assentos e nas laterais de
vagões centenários de poeira
a comida não era cozida e a água tinha gosto de
pavio de vela
acabei pulando fora e caí num monte de arbustos em algum
 lugar no
Texas
todo verde com umas casas bacanas no
horizonte
encontrei um parque
dormi a noite toda
até que me encontraram e me jogaram numa cela
e me encheram de perguntas sobre assassinatos e
roubos.
eles queriam dar vazão aos inquéritos
mostrar serviço
mas eu não estava *tão* cansado assim
então eles me levaram até a cidade grande mais próxima
a cem quilômetros de distância
o maior deles me deu um pontapé na bunda
e eles se mandaram dali.

mas eu tive sorte:
duas semanas depois eu estava sentado numa sala da prefeitura
quase cochilando sob o sol que nem a mosca no meu cotovelo
e de vez em quando ela me levava pra uma reunião do conselho
e eu ficava escutando todo sério como se entendesse alguma coisa
    do que estava acontecendo
como se soubesse como o orçamento de uma cidade de merda
    estava sendo
desmantelado.
mais tarde fui dormir e acordei com marcas de dentes em todo o
corpo e disse, Cristo, toma cuidado, meu bem! assim você me dá
um câncer! eu tô rescrevendo a história da Guerra da Crimeia!
e todos frequentavam a casa dela –
todos os caubóis, todos os caubóis:
gordos, bocós e imundos de poeira.
e todos nos cumprimentávamos.
eu usava um par de jeans, e eles diziam
ah, você é escritor, certo?
e eu respondia: bem, tem quem diga que sim.
sendo que alguns seguem achando...
outros, claro, ainda não atingiram esse nível de inteligência.
duas semanas depois eles
me expulsaram
da cidade.

as cortinas balançam e as pessoas caminham de tarde aqui e em Berlim e em Nova York e no México

fico esperando a vida como numa gravidez, coloco o estetoscópio na
barriga
mas tudo que escuto agora é
um piano mastigando com força certas partes do meu
cérebro
    (alguém nesse bairro gosta de
    Gershwin o que pra
    mim
    é péssimo)
e a mulher fica sentada atrás de mim
fica sentadinha ali
e não para de acender cigarros
e agora as enfermeiras deixam o hospital aqui perto
e usam vestidos que ficam transparentes ao sol
pra animar os mortos e os moribundos e os médicos
mas isso não me ajuda
em nada
    se eu pudesse rasgá-los gemendo de prazer isso
    não daria em
    nada

      agora agorinha

             uma buzina dispara um verão
fatigado como um gladíolo abandonado e encostado numa
casa e
as garrafas que esvaziamos iam estrangular os
sentimentos.... de Deus

ergo agora os olhos e vejo meu rosto no espelho:
se ao menos eu pudesse matar o homem que matou o
homem

mais do que cafés e charutos me liquidaram
mais   do que eu mesmo me
liquidei

a loucura surge como um rato de dentro do armário e
eles me entregam uma fotografia da
lua

a mulher atrás de mim tem uma filha que se apaixona
por homens barbudos de sandálias e boinas
que fumam cachimbos e cuidam do cabelo e
jogam xadrez e falam incessantemente da
alma e da Arte

isso é bom o bastante: é preciso amar
alguma coisa

agora as águas do senhorio lá fora derramam sobre
as plantas uma chuva de mentira

Gershwin já terminou e agora parece
Greig

ah, tudo é tão comum e difícil! impossível!
como eu queria que alguém ficasse louco de
amoras

mas não
creio que vai dar no
mesmo: uma cerveja depois outra
    cerveja depois outra
    cerveja
depois talvez uma garrafinha de
uísque
três charutos – fumaça fumaça sim fumaça
sob o sol elétrico da noite
escondido aqui entre essas paredes com essa mulher e sua
vida enquanto
a polícia retira os bêbados das
ruas

eu não sei mais quanto tempo vou
aguentar
mas fico pensando
    ó!   meu deus!
               o
gladíolo vai se erguer firme e
colorido que
nem uma
flecha apontando pro
sol

Cristo vai estremecer que nem
marmelada
meu gato terá o mesmo aspecto que Gandhi já
teve
    tudo tudo
    até mesmo os azulejos do banheiro masculino da
Union Station serão
verdadeiros

    todos os espelhos existentes
    refletindo enfim rostos de gente

                            rosas
                   florestas
            nunca mais policiais
      nunca mais
eu.

para os mercadores da caridade

sempre tem uma justificativa
toda morte tem uma justificativa
toda matança toda morte toda
passagem,
nada é em vão
nem sequer o pescoço
de uma mosca,

e uma flor
atravessa os exércitos
e como um garotinho
cheio de si
se enche
de cor.

IV

Arder na água, afundar no fogo

Poemas de 1972 a 1973

*se você acha que eu perdi o juízo
experimenta arrancar uma flor do jardim do seu
vizinho*

agora

eu estava entupido de furúnculos
do tamanho de tomates
eles enfiaram uma furadeira em mim
no hospital municipal
e
todo santo dia
bastava o sol se pôr
que um homem na ala vizinha
ficava gritando por um tal de Joe.
JOE! ele gritava, Ó JOE!   JOE!   J O E !
ME TIRA DAQUI, JOE!

Joe nunca apareceu.
eu jamais tinha ouvido um lamento tão
triste.

Joe devia estar passando a vara numa
gostosa ou
tentando resolver umas palavras cruzadas.

eu sempre disse
se você quer saber quem são seus amigos de verdade
basta ir parar no hospício ou na
cadeia.

e se você quiser descobrir onde o amor não está
seja um eterno
perdedor.

tive muita sorte com os furúnculos
pude ser perfurado e torturado
acompanhado pelas montanhas de Sierra Madre ao fundo
durante aquele pôr do sol;
quando aquele sol se pôs eu imediatamente soube o *que* ia fazer
assim que colocasse as mãos naquela furadeira
como acontece
agora.

os lixeiros

lá vêm eles
que homens
o caminhão cinza
o rádio ligado

cheios de pressa

é bonito de ver:
camisas abertas
barrigas de fora

eles pegam as latas de lixo
levam elas até a boca do caminhão
o caminhão levanta tudo e manda o lixo pra dentro
faz um barulho danado...

eles tiveram que preencher formulários
pra conseguir empregos desse tipo
eles precisam pagar hipotecas e
dirigir os carros da moda

sábado à noite eles enchem a cara

agora debaixo do sol de Los Angeles
eles correm pra lá e pra cá com as latas de lixo

todo aquele lixo vai parar em algum lugar

e ficam gritando entre si

depois todos voltam pro caminhão
rumo ao oeste em direção ao mar

nenhum deles sabe
que eu existo

CIA REX DE COLETAS

zoológico

os elefantes estão ensopados de lama e cansados
e os rinocerontes não se mexem
as zebras são uns caules mortos de merda
e os leões não rugem
os leões estão pouco se lixando
os urubus estão empanturrados
os crocodilos não se mexem
e lá tinha um tipo estranho de macaco,
esqueci como se chama,
ele estava num lugar mais alto,
aí do nada ele montou numa fêmea e começou o serviço,
terminou,
deitou de costas e abriu um sorriso,
e eu virei pra minha namorada e disse,
vamos nessa, pelo menos aconteceu alguma coisa.

em casa a gente voltou ao assunto.

zoológico é um lugar triste, né, eu disse,
enquanto tirava a roupa.

só aqueles 2 macacos pareciam felizes, ela disse,
enquanto saía de dentro da
roupa.

você viu a cara daquele macaco?
perguntei.

você fica igual a ele quando termina, ela
respondeu.

mais tarde no espelho eu vi
um tipo estranho de macaco. e fiquei
pensando nas girafas e nos
rinocerontes, e nos elefantes, sobretudo nos
elefantes.

a gente precisa voltar no zoológico
de novo.

tevê

eu fui num lugar pra ver um filme
na tv
Alexandre, o Grande,
e eis que surgem os exércitos
pa pa pa
cavalos, lanças, facas, espadas, escudos,
homens morrendo...
depois troca pra um roller derby —
eis uma garota estrangulando outra,
depois de volta pro Alexandre —
um cara surge do nada e mata o pai do Alê,
o Alê vai e mata o cara, agora ele é o rei,
de volta pro roller derby —
um homem está caído na pista e outro homem acerta a cabeça dele
com os patins —
aí vêm os exércitos
parece uma batalha numa caverna, dá pra ver fumaça e
fogo e espadas e
homens morrendo —
os Thunderbirds estão perdendo,

uma garota voa no rabo de outra
e joga ela na grade —
o Alexandre fica ali parado escutando um cara com uma
taça de vinho na mão, o rapaz está explicando
um monte de coisas pro Alê, sabe, e quando ele vira de costas
    pra ir embora
o Alê enfia uma lança nele por trás —
os Thunderbirds estão perdendo, o Big John
vai entrar —
pa pa pa, aí vêm os exércitos
eles atravessam rios
e florestas, vão conquistar
tudo
pa pa pa —
Big John não ajudou em nada,
as garotas estão de novo em posição agora —
Alexandre está morrendo
Alexandre, o Grande, está morrendo
e eles passam pelo catre dele a céu aberto
ele está vestindo um traje preto elegante, parece o
Richard Burton
os rapazes retiram os elmos quando passam
e lá está o amor de Alexandre diante do catre, e então
Alê começa a partir, alguns homens se aproximam,
um deles pergunta, Alê, quem você vai nomear seu sucessor?
quem vai nos comandar?
eles ficam esperando.
ele diz, o mais forte, e morre,
a gente vê as nuvens, os céus,
bem lá em cima e —
os Thunderbird conseguem a virada

nos últimos 12 segundos, eles vencem por
112 a 110,
a multidão vai à Loucura,
mercúrio escorre pra dentro da luz,
boa noite, doce príncipe,
ave Maria,
Jesus Cristo, que
noite.

derrota

não

não tem como não tem como a gente vencer

já decidi que a gente não tem como vencer

por um tempo a gente pensou que dava
mas só por um tempo

agora sabemos que não tem como vencer

não dá pra ficar parado e vencer
nem pra fugir e vencer

nem pra fazer certo e vencer

nem pra fazer errado e vencer

outra pessoa vai acabar vencendo

é por isso que ela está lá e

a gente está aqui

é uma merda ser derrotado
naquilo que realmente importa

mas isso vai acontecer

e é impossível de aceitar

saber isso é mais importante
que pombas ou as molas das grampolas ou
o amor.

gostosa

ela era tão gostosa, mas tão gostosa
que eu não queria que ela fosse de mais ninguém,
e se eu não chegasse em casa na hora certa
ela já teria partido, e eu não ia aguentar –
eu ia ficar maluco...
era uma idiotice, eu sei, uma criancice,
mas ela me fisgou, ela me fisgou.

eu entregava toda a correspondência
e um dia o Henderson me colocou na coleta noturna
num antigo caminhão do exército,
o maldito caminhão começou a aquecer no meio do caminho
e a noite prosseguiu
eu pensando na gostosa da Miriam
e entrando e saindo do caminhão
enchendo sacolas de carta
o motor prestes a fundir
a agulha do termômetro nas alturas
QUENTE   BEM QUENTE
que nem a Miriam.

eu entrava e saía do caminhão
mais 3 coletas e lá estaria eu
na central, meu carro
pronto pra me levar até a Miriam sentadinha no meu sofá azul
tomando uísque com gelo
cruzando as pernas e balançando os pés
daquele jeitinho de sempre,
só mais 2 coletas...
o caminhão morreu num semáforo, foi um inferno
pra ligar ele
de novo...
eu tinha que chegar em casa até 20h, 20h era o prazo final da
    Miriam.

fiz a última coleta e o caminhão enguiçou em mais um sinal
a meio quarteirão da central...
o treco não dava partida de jeito nenhum...
acabei trancando as portas, apanhei a chave e corri pra
central...
me livrei das chaves... assinei o ponto...
o caminhão de merda de vocês tá enguiçado no sinal,
gritei,
na Pico com a Western...

...cheguei em casa correndo, enfiei a chave na porta,
abri... o copo dela estava lá, junto com um bilhete:

   seu fio da puta:
   esperei até 8 e cinco
   cê não me ama nada

seu fio da puta
mas alguém vai me amar
fiquei esperando o dia inteiro

    Miriam

preparei uma bebida e deixei a banheira enchendo
a cidade tinha uns 5.000 bares
eu fui em 25 deles
atrás da Miriam

o ursinho de pelúcia roxo dela segurava o bilhete
encostado no travesseiro

dei um trago pro urso, outro pra mim
e entrei na água
quente.

amor

amor, ele disse, gás
me dá um beijo
beija minha boca
beija meu cabelo
meus dedos
meus olhos minha mente
me faz esquecer

amor, ele disse, gás
ele tinha um quarto no 3º andar,
rejeitado por uma dúzia de mulheres
35 editores
e meia dúzia de agência de empregos,
mas não estou dizendo que ele era
bom

ele abriu todas as bocas
mas não acendeu nenhuma
e foi pra cama

algumas horas depois um cara a
caminho do quarto 309
acendeu um charuto no
corredor

e um sofá saiu voando por uma janela
uma parede desabou que nem areia molhada
uma chama roxa alcançou 12 metros de altura

o cara na cama
não deu bola ou não se importava
mas eu diria que
ele estava ótimo
naquele dia.

que ardem e ardem e ardem e ardem

tinha um irlandês de um bar da Filadélfia
o cara botava 3 ovos crus na cerveja,
71 aninhos,
na ativa,
inteiraço,
e eu costumava sentar
a 4 ou 5 banquetas de distância dele
nos meus 20 e poucos anos
assustado
suicida
desamado.
bem, você sabe, mágoas engendram
mágoas
que ardem e ardem e ardem e ardem
e então alguma coisa
acontece.
não vou dizer que isso é bom
mas com certeza é
um alívio,
e muitas noites agora

fico pensando naquele velho irlandês —
consigo rever quase minha vida
inteira —

e ainda lembro dele lá
meu mestre, naquela época
e agora.

o caminho

assassinados nos becos do país
queimados de frio amarrados em mastros
forçados a pagar as contas de malandras em bares

educados no escuro para a escuridão

a vomitar em privadas entupidas
em quartos alugados tomados de ratos e baratas

não surpreende que raramente cantemos
de manhã de tarde ou de noite

as guerras inúteis
os anos inúteis
os amores inúteis

e ainda nos perguntam,
por que vocês bebem tanto?

ora, eu acho que os dias foram feitos
para serem desperdiçados

os anos e os amores foram feitos
para serem desperdiçados.

não conseguimos chorar, mas rir ajuda —
é como botar pra fora
sonhos, ideais,
venenos

não nos peça pra cantar,
pra gente, rir é cantar
tá vendo, foi uma péssima piada

Cristo devia ter rido na cruz,
isso teria petrificado seus assassinos

hoje tem mais assassinos que nunca,
e eu escrevo poemas pra eles.

fora dos braços...

fora dos braços de um amor
e dentro dos braços de outro

fui salvo de morrer crucificado
por uma dona que fuma baseado
escreve contos e canções,
e é muito mais doce que a anterior,
muito mas muito mais doce,
e o sexo é tão bom quanto ou melhor.

não é nada agradável ser pregado e largado numa cruz,
é muito mais agradável esquecer um amor que não deu
certo
pois todo amor
afinal
não dá certo...

é muito mais agradável fazer amor
na orla da praia de Del Mar
no quarto 42 e depois

ficar sentado na cama
bebendo um bom vinho, conversando e se agarrando
fumando

ouvindo o barulho das ondas...

já cansei de morrer
acreditando e esperando, esperando
num quarto
encarando as rachaduras no teto
à espera de uma ligação, uma carta, uma batida na porta, um
    ruído qualquer...
enlouquecendo por dentro
enquanto ela dançava com desconhecidos em boates...

fora dos braços de um amor
e dentro dos braços de outro

não é nada agradável morrer na cruz,
é muito melhor ouvir seu nome sussurrado no
escuro.

a morte de um idiota

ele conversava com camundongos e pardais
e com 16 já tinha cabelos brancos.
o pai todo dia dava uma surra nele e a mãe
acendia velas na igreja.
a avó aparecia enquanto o garoto dormia
e rezava pra que o diabo saísse do corpo
dele
enquanto a mãe ficava escutando e rezando sobre a
bíblia.

ele parecia não dar bola pras meninas
ele parecia não dar bola pra brincadeiras de meninos
quase nada chamava sua atenção
ele apenas parecia não se interessar por nada.

ele tinha um bocão feioso e era
dentuço
os olhos eram miúdos e sem lustre.
os ombros eram caídos e ele era meio corcunda
que nem um velho.

ele morava no nosso bairro.
a gente falava sobre ele em momentos de tédio e depois
partia pra assuntos mais interessantes.
era raro ele sair de casa. teria sido legal
torturar ele
mas seu pai
que era um brutamontes perverso
já fazia o serviço pra
gente.

um dia ele acabou morrendo. mesmo com 17 ainda parecia
uma criança. a morte em lugares pequenos assim é recebida com
entusiasmo e 3 ou 4 dias depois já caiu no
esquecimento.

mas a morte desse garoto calou fundo em todos
nós. a gente não parava de falar no assunto
com nossas vozes de adolescentes
às 6 da tarde um pouco antes de escurecer
um pouco antes do jantar.

e ainda hoje, toda vez que passo de carro por ali
já décadas depois
ainda fico pensando no assunto
apesar de ter esquecido todas as outras mortes
e tudo que veio a acontecer
depois.

tonalidades

os soldados marcham desarmados
as covas estão vazias
pavões planam na chuva

grandes homens sorridentes descem marchando as escadas

há comida suficiente e aluguel suficiente e
tempo suficiente

nossas mulheres não envelhecerão

eu não envelhecerei

vagabundos usam diamantes nos dedos

Hitler aperta a mão de um Judeu

o céu tem cheiro de carne assada

eu sou uma cortina em chamas

sou água fervendo

sou uma serpente um caco de vidro cortante
sou sangue

sou uma lesma em fúria
a caminho de casa.

alô, dolly

faz 5 semanas que ela me deixou e partiu pra Utah.
quer dizer, eu acho que ela foi embora.
outro dia saí pra mandar uma carta pra ela
e a vi sentada no ponto de ônibus,
era o cabelo dela lá
de costas
e mais uma vez meu coração disparou
então apertei o passo e olhei bem na cara dela —
era outra pessoa. sardas, nariz chato, olhos verdes,
nada, nada.

depois eu estava na Western Avenue andando de bar em bar
quando encontrei ela de novo.
eu vi aquela calça apertada, aquele traseiro mais que familiar,
e aquele cabelo, de novo aquele cabelo,
e o jeito dela andar,
acelerei o ritmo pra me aproximar,
cheguei bem perto e vi seu rosto —
um nariz de índio, olhos azuis, uma boca de sapo —
nada, nada, nada.

depois teve a garota do piano num bar.
não era ela, mas quando o cabelo da garota caiu de um certo jeito
por um momento, era. o cabelo tinha o mesmo tamanho
e a boca era parecida mas não idêntica, e ela viu
que eu estava olhando enquanto ela cantava, eu estava bêbado,
claro, o que aumentava a ilusão, e ela
disse, você quer ouvir alguma coisa específica?
Dolly, respondi, e ela começou a cantar –

Hey, Dolly...

agora mesmo olhei e a vi do outro lado da rua.
ela estava saindo do prédio do outro lado da rua
com um cara loiro e ficou ali parada de óculos escuros,
e eu pensei, que que ela tá fazendo de óculos escuros do
outro lado da rua, e ela sorriu pra mim da janela
mas não acenou nem nada e depois entrou no carro com
o garotão, era um carro novo, pequeno e vermelho, caro,
e eles foram na direção oeste. dessa vez, tenho certeza que
era ela.

uma noite caída

você saiu, ela disse,
e deu um chute no carro de um cara
depois pulou em cima de um arbusto
e esmagou o arbusto
todo
eu não sei por que você está sofrendo
tanto
mas não tá na hora de ver um psiquiatra, não?
eu tenho um que é excelente, você ia
gostar.

me responde, ela disse,
eu fico preocupada com a polícia quando você
age assim, eu sou muito paranoica com a
polícia.

responde, ela disse, por que você tá agindo
assim?

me ouve, ela disse, você quer que eu
saia?

depois que ela partiu, peguei uma cadeira e
joguei a cadeira pela janela. voou vidro pra tudo
quanto é lado e a tela também ficou
quebrada.

quantas bestas-feras mortas flutuam e andam do País de Gales até
Los Angeles?

à procura de emprego

era um bar na Filadélfia, e o garçom perguntou
o quê, e eu respondi, me dá uma cerveja, Jim,
preciso dar uma relaxada, tô
procurando emprego. você, ele disse,
procurando emprego?
sim, Jim, eu vi um negócio no jornal,
é sem experiência prévia.
e ele disse, que diabos, você não quer um emprego
e eu disse, por deus, não, mas preciso da grana,
e terminei a cerveja
e entrei no ônibus e fiquei acompanhando os números
e logo os números foram chegando perto
até que cheguei
então puxei a cordinha, o ônibus parou e
eu saltei.
era um prédio grande de zinco
a porta de correr estava emperrada de sujeira
mas eu dei um jeito e consegui entrar
e não tinha piso, só um chão
irregular e úmido, um negócio fedorento

e dava pra ouvir um som de coisas sendo serradas ao meio
e de coisas sendo perfuradas e estava escuro
e havia homens andando em cima de vigas lá no alto
e homens empurrando carretas
e homens trabalhando sentados em máquinas
e estouravam relâmpagos e trovões
e de repente um balde pegando fogo voou na minha
direção, ele veio rugindo e fervendo de fogo
e veio pendurado numa corrente que tinha se soltado
e alguém gritou, EI, PRESTA ATENÇÃO!
e eu só tive tempo de abaixar
e de sentir o fogo passando por cima de mim,
e aí alguém perguntou,
O QUE QUE VOCÊ QUER?
e eu respondi, ONDE É O BANHEIRO MAIS PERTO?
e me mostraram
e eu entrei
depois saí e vi silhuetas de homens
caminhando entre chamas e sons e
fui até a porta, saí e
peguei o ônibus de volta pro bar e sentei
e pedi mais uma cerveja, e Jim me perguntou,
que que aconteceu? eu disse, eles não me aceitaram, Jim.
então uma puta chegou e sentou e todo mundo
ficou olhando pra ela. ela tinha uma aparência bonita, e eu lembro
que foi a primeira vez na vida que quase desejei ter uma
vagina e um clitóris em vez do que eu tinha, mas em 2 ou 3 dias
deixei tudo pra trás e comecei a ver
anúncios de emprego de novo.

a contagem de 8

esse aí
chega sempre na hora errada

é uma pessoa basicamente boa
imagino
um cara honesto

mas ele não aceita muito bem a contagem
de 8

já estamos todos nocauteados
mas seja como for
é a maneira como ele encara a contagem

depois de uma visita dele
passo uns 3 ou 4 dias doente

dou comida e abrigo pra ele e de vez em quando
dinheiro

mas como ele reclama e resmunga
bebendo minhas cervejas

se ele espera alguma coisa em troca do que tem a oferecer
ele não vai receber nada em troca
porque ele não tem nada a oferecer

nenhuma luz
nenhum amor
nenhuma risada nenhum ensinamento
nada digno de
lembrança

o jeito dele me faz mal
ele só me traz mais tristeza quando já estou triste
ele só me deixa mais louco quando já estou louco

eu sou um egoísta

depois do nosso último e suado aperto de mão
eu disse que não podia fazer mais nada por ele

agora quando minha alma precisar vomitar
ela vai vomitar por conta
própria
e não por causa de uma
batida na
porta.

rinha de cães

é um bicho raquítico
ele rosna e se coça
corre atrás dos carros
fica ganindo durante o sono
e tem um estrela perfeita sobre cada sobrancelha

a gente escuta lá da rua:
ele está descendo o cacete em alguma coisa
5 vezes maior
que ele

é o cachorro do professor do outro lado da rua
um cão culto e caríssimo todo adestrado
ó, estamos todos em apuros

eu separo os dois
e a gente corre pra dentro com o raquítico
fecha o trinco da porta
apaga as luzes
e os vemos atravessar a rua
imaculados e apreensivos

parecem umas 7 ou 8 pessoas
vindo pegar seus
cachorros

aquele saco de banha peludo
ele já devia saber que não pode cruzar
a linha do trem.

cartas

ela está sentada no chão
mexendo numa caixa de papelão
lendo pra mim as cartas de amor que escrevi pra ela
enquanto sua filha de 4 anos está deitada no chão
enrolada num cobertor cor-de-rosa e
prestes a cair no sono.

a gente voltou a se ver depois de uma separação
e agora estou na casa dela numa
noite de domingo

os carros sobem e descem a serra lá fora
quando a gente dormir junto essa noite
vai dar pra ouvir os grilos

onde estão os trouxas que não conseguem viver
algo assim?

eu amo as paredes dela
eu amo os filhos dela
eu amo o cachorro dela

vamos ficar escutando os grilos
deitados de conchinha
minha mão na barriga dela

uma noite assim é vencer a vida
os excessos dão conta da morte

eu gosto das minhas cartas de amor
são sinceras

ah, que bunda bonita ela tem!
ah, que alma bonita ela tem!

sim sim

quando Deus criou o amor Ele ferrou com a maioria
quando Deus criou os cachorros Ele vacilou com os cachorros
quando Deus criou as plantas isso até que foi normal
quando Deus criou o ódio enfim tivemos algo útil
quando Deus me criou Ele me criou
quando Deus criou o macaco Ele estava dormindo
quando Ele criou a girafa Ele estava de porre
quando Ele criou os narcóticos Ele estava trincado
e quando Ele criou o suicídio Ele estava pra baixo

quando Ele criou você deitada na cama
Ele sabia o que estava fazendo
Ele estava bêbado e chapado
e Ele criou as montanhas e o mar e o fogo e o vento
tudo ao mesmo tempo

Ele cometeu alguns erros
mas quando Ele criou você deitada na cama
Ele gozou sobre todo o Universo Sagrado.

eddie e eve

sabe
passei 5 anos sentando sempre no mesmo banco de bar
na Filadélfia

eu vivia bebendo álcool etílico e os vinhos mais vagabundos
e apanhando em becos de caminhoneiros de barriga cheia
apenas pra diversão de
senhoras e senhores da noite

nem te conto da minha vida de criança
é uma coisa surreal
de doentia

mas vamos ao que interessa
finalmente fui ver meu amigo Eddie
depois de 30 anos

ele ainda morava na mesma casa
com a mesma esposa

você acertou:
ele parecia bem pior do que eu

mal conseguia levantar da cadeira

uma bengala
artrite

o pouco que tinha de cabelo estava
branco

meu deus, Eddie, falei.

eu sei, ele disse, me fodi, mal
consigo respirar.

aí a esposa dele apareceu. a ex-magrela
Eve com quem eu costumava flertar.

100 quilos
apertando os olhos pra me ver melhor.

meu deus, Eve, eu falei.
eu sei, ela disse.

ficamos todos bêbados. várias horas depois
o Eddie virou pra mim e disse,
leva ela pra cama, dá um pouco de amor pra ela,
eu já não sirvo pra mais
nada.

Eve soltou um risinho.

não dá, Eddie, respondi, a gente é
amigo.

bebemos mais um pouco.
infinitos litros de
cerveja.

Eddie começou a vomitar.
Eve pegou um balde
e ele vomitou dentro do
balde
e ele repetia entre os espasmos
que a gente era homem
homem de verdade
a gente sabia das coisas
por deus
a molecada de hoje
não sabia de nada.

a gente levou ele pra cama
trocamos a roupa dele
e rapidinho ele apagou
e começou a roncar.

eu me despedi da Eve.
fui embora e entrei no carro
e fiquei olhando pra casa.
então dei a partida.
era só o que me restava fazer.

o pescador

todo dia ele sai às 7h30 da manhã
com 3 sanduíches de pasta de amendoim e
uma lata de cerveja
que fica boiando no balde das iscas.
ele passa horas pescando com uma pequena vara de truta
a três quartos do caminho até o píer.
ele tem 75 anos e o sol não o deixa mais bronzeado,
e não importa o calor
ele nunca tira a camisa de flanela verde.
ele pesca estrelas-do-mar, cações e cavalas;
pesca aos montes
não fala com ninguém.
num dado momento do dia
ele bebe a cerveja.
às 6 da tarde ele guarda todo o material e a pesca
e volta andando pra casa
e atravessa várias ruas
até chegar num pequeno apartamento de Santa Mônica
ir pro quarto e abrir o jornal vespertino

enquanto a esposa joga as estrelas-do-mar, os cações e as cavalas
no lixo

ele acende o cachimbo
e fica esperando o jantar.

bundinhas jeitosas

nesta noite de sexta
as garotas mexicanas estão particularmente bonitas
na quermesse católica
seus maridos estão nos bares
e as garotas mexicanas parecem jovens
com seus narizes aquilinos entre olhos firmes e cruéis,
suas bundinhas jeitosas em jeans apertados
elas já têm donos,
seus maridos cansaram de suas bundinhas jeitosas
e as jovens mexicanas passeiam com os filhos,
há tristeza de verdade em seus olhos firmes e cruéis
quando lembram das noites em que seus belos homens —
agora não mais atraentes —
diziam coisas tão belas pra elas
coisas mais bonitas do que jamais voltarão a ouvir,
e debaixo do luar e do brilho das
luzes da quermesse
eu vejo tudo isso e paro quieto em luto por elas.
elas me veem olhando —
o bode-velho tá olhando pra gente

ele tá olhando dentro dos nossos olhos;
elas sorriem entre si, falam alguma coisa, saem juntas,
riem, me olham por cima dos ombros.
eu vou até uma barraquinha
coloco uma moeda no número onze e ganho um bolo de chocolate
com 13 pirulitos coloridos enfiados na
cobertura.
isso é o bastante pra um ex-católico
e admirador de jovens mexicanas
com suas não mais usadas
melancólicas bundinhas jeitosas.

pra que serve um título?

eles não conseguem
os mais bonitos morrem em chamas —
remédios pra suicídio, veneno de rato, corda, qualquer coisa...
eles arrancam os braços,
pulam de janelas,
arrancam os olhos das órbitas,
recusam o amor
recusam o ódio
recusam, recusam.

eles não conseguem
os mais bonitos não aguentam,
eles são as borboletas
os pombos
os pardais
eles não conseguem.

uma chama grande e súbita
enquanto os velhos jogam damas na pracinha

uma chama, uma única chama
enquanto os velhos jogam damas na pracinha
debaixo do sol.

os mais bonitos são encontrados no canto de um quarto
encolhidos entre aranhas e agulhas e silêncio
e nunca vamos entender por que
partiram, eles que eram tão
belos.

eles não conseguem
os mais bonitos morrem jovens
e deixam os feios entregues a suas vidas feias.

adoráveis e brilhantes: vida e suicídio e morte
enquanto os velhos jogam damas sob o sol
na pracinha.

a tigresa

discussões feias.
até que, enfim, deito em paz
na cama dela
coberta
de vermelho e de umas estampas de flor bacanas
estou deitado de barriga pra baixo
minha cabeça de lado
inundada pela penumbra
enquanto ela demora no banho
no outro cômodo,
tudo está além do meu alcance,
como quase todas as coisas,
fico ouvindo música clássica no radinho de pilha,
ela toma banho, dá pra ouvir a água caindo.

a pesca

que nojo, ele falou,
tirando o negócio da água,
que merda é essa?

é uma Baleia-Lordose, eu disse.

não, disse um cara perto da gente no cais,
é uma Cabeça de Vento Papa-Cu-Rasteira.

um cara que estava passando falou,
é uma Esquadrilha Fandango sem listras.

a gente puxou o gancho e a coisa se ergueu e soltou
um peido. ela era cinza e peluda
e gorda e fedia mais que chulé.

ela começou a andar pelo cais e a gente foi atrás dela.
comeu um cachorro-quente e um bolo que tirou das mãos de uma
criança. depois subiu no carrossel
e montou num pônei. acabou caindo no final e
rolando na serragem.

levantamos ela.

glub, ela disse, glub.

depois começou a voltar pro cais.
uma multidão vinha atrás da gente.

é uma jogada de marketing, alguém falou,
é só um cara com roupa de borracha.

de repente ela começou a ter dificuldade de respirar
enquanto andava. aí caiu de
costas no chão e começou a se debater.

alguém derramou um copo de cerveja na cabeça dela.

glub, ela falou, glub.

depois morreu.

a gente levou ela rolando até a beira do cais e depois a jogou
de volta na água. assistimos ela afundar e desaparecer.

era uma Baleia-Lordose, eu disse.

não, disse o outro cara, é uma Cabeça de Vento Papa-Cu-Rasteira.

não, disse o outro especialista, é uma Esquadrilha Fandango
sem listras.

depois cada um de nós seguiu seu caminho naquela tarde de
    agosto.

lavagem com cera

cara, ele disse, sentado num degrau,
seu carro tá precisando de uma lavagem e de uma cera
por 5 pratas eu resolvo isso pra você,
eu tenho a cera, os panos, tenho tudo que
preciso.

dei 5 pratas pra ele e subi.
quando desci 4 horas depois
ele estava sentado bêbado no mesmo lugar
e me ofereceu uma latinha de cerveja.
disse que ia cuidar do carro no dia
seguinte.

no dia seguinte ele ficou bêbado de novo
e eu emprestei um dólar pra ele comprar uma garrafa de
vinho. ele se chamava Mike
era um veterano da 2ª guerra mundial.
a esposa trabalhava como enfermeira.

no dia seguinte quando desci e o encontrei sentado
no degrau de novo ele falou,

sabe, eu tava aqui olhando seu carro,
pensando no que fazer com ele,
eu vou cuidar dele com carinho.

no dia seguinte Mike disse que parecia que ia chover
e que não fazia nenhum sentido
lavar e encerar um carro num dia de chuva.

no dia seguinte parecia que ia chover de novo.
e no próximo.
então eu nunca mais vi essa pessoa.
uma semana depois encontrei a esposa dele e ela disse,
eles levaram o Mike pro hospital,
ele tá todo inchado, falaram que é por causa da
bebida.

escuta, falei pra ela, ele tinha ficado de encerar meu
carro, eu paguei 5 dólares pra ele encerar
meu carro.

ele tá na emergência, ela disse,
ele pode morrer...

eu estava na cozinha da casa deles
bebendo com a mulher dele
quando o telefone tocou.
ela me passou o telefone.
era o Mike. escuta, ele disse, vem me
pegar, eu não aguento mais esse
lugar.

eu fui até lá, entrei no
hospital, fui até o leito dele e
disse, vamos nessa, Mike.

não quiseram devolver as roupas dele
então o Mike foi até o elevador com a
camisola do hospital.

a gente entrou e tinha um garoto controlando o
elevador e comendo um picolé.
não é permitido sair com a roupa do hospital,
ele disse.

se preocupa com o elevador, meu jovem, eu disse,
deixa que a gente cuida da roupa.

o Mike estava todo inchado, três vezes mais gordo
mas eu consegui enfiar ele dentro do carro
e lhe passar um cigarro.

parei na loja de conveniência e peguei 2 caixas de cerveja
depois voltamos pra casa. fiquei bebendo com Mike e a esposa até
11h da noite
depois subi...

cadê o Mike? perguntei 3 dias depois pra mulher dele,
você sabe que ele ficou de encerar meu carro.

o Mike morreu, ela respondeu, ele se foi.

como assim ele morreu? perguntei.

isso mesmo, ela disse, ele morreu.

sinto muito, eu disse, sinto muito mesmo.

choveu durante uma semana depois disso e eu percebi que o único
jeito de conseguir as 5 pratas de volta ia ser dormindo com a
    mulher dele
mas você sabe como é
ela se mudou 2 semanas depois

um cara mais velho de cabelo branco foi morar lá
ele era cego de um olho e tocava trompa.
de jeito nenhum eu ia transar com
ele.

algumas pessoas

algumas pessoas nunca perdem o juízo.
já eu, às vezes passo 3 ou 4 dias
deitado atrás do sofá.
vão me encontrar ali.
é um Querubim, dirão, e
hão de derramar vinho na minha boca
me ungir de óleos
massagear meu peito.

então me erguerei soltando um rugido
berrando de raiva —
mandarei o universo e todos eles pro inferno
enquanto enxoto eles de
casa.
vou me sentir bem melhor,
depois vou comer pão com ovos
cantar uma musiquinha
e de repente vou ficar tão amável quanto
uma baleia
cor-de-rosa de barriga cheia.

algumas pessoas nunca perdem o juízo.
que vida de merda elas
devem ter.

pai, que estais no céu —

meu pai era um homem sensato.
ele teve uma ideia.
veja bem, meu filho, ele disse,
eu não vou morrer antes de terminar de pagar essa casa
depois ela vai ser minha.
quando eu morrer ela vai ficar pra você.
agora você também pode comprar uma casa
e assim você terá duas casas
e vai poder deixar as duas pro seu
filho, e ele vai poder comprar outra casa,
e quando ele morrer, o filho dele —

já entendi, eu disse.

meu pai morreu tentando beber um
copo d'água. eu enterrei ele.
caixão de madeira maciça. depois do enterro
fui até o hipódromo, avistei uma mulata clara.
depois das corridas a gente foi pra casa dela
pra jantar e dar umazinha.

eu vendi a casa dele cerca de um mês depois.
vendi o carro e a mobília
e joguei fora todas as pinturas a não ser uma
e todos os potes de frutas
(cheios de frutas fervidas no calor do verão)
e coloquei o cachorro dele no canil.
saí duas vezes com a namorada dele
mas não deu em nada
aí acabei desistindo.

torrei todo o dinheiro em apostas e bebidas.

agora moro num térreo barato em Hollywood
e levo o lixo pra fora pra
economizar no aluguel.

meu pai era um homem sensato.
ele se engasgou com aquele copo d'água
e economizou nas contas
do hospital.

nervosismo

fico me contorcendo na cama —
encarar a luz do sol de novo,
isso é problema
na certa.
prefiro a cidade quando as
luzes de neon estão acessas e
mulheres dançam peladas em balcões de
bares
ao som lacerante da música.

estou debaixo do lençol
pensando.
a história me dá nos
nervos —
a maior preocupação da humanidade
é ter coragem suficiente pra
encarar mais uma vez a luz do sol.

o amor começa quando dois estranhos
se encontram. amar o mundo é

impossível. prefiro ficar na cama
e dormir.

atordoado pelos dias pelas ruas e pelos anos
puxo os lençóis até o pescoço.
viro a bunda pra parede.
odeio as manhãs mais do que
qualquer outro homem.

pra piorar, o aluguel tá caro

há feras no saleiro
e aeródromos na cafeteira.
a mão da minha mãe está na gaveta das bolsas
e da parte de trás das colheres vêm
gritos de pequenos animais torturados.

no armário tem um homem assassinado
vestindo uma gravata nova verde
e debaixo do chão
tem um anjo sufocante com narinas dilatadas.

é difícil viver aqui.
é bem difícil viver aqui.

de noite as sombras são criaturas por nascer.
embaixo da cama
aranhas matam pequenas ideias brancas.

as noites são ruins
as noites são bem ruins

eu bebo pra dormir
preciso beber para dormir.

de dia
no café da manhã
vejo eles rolarem os mortos rua abaixo
(nunca leio sobre isso nos jornais).

e existem águias por toda parte
no telhado, no gramado, dentro do meu carro.
as águias são cegas e cheiram a enxofre.
é bastante desanimador.

as pessoas vêm me visitar
sentam de frente pra mim
e elas tão cheias de bichos no corpo —
insetos verdes e dourados e amarelos
e elas nem tentam se livrar deles.

faz muito tempo que vivo aqui.
em breve devo partir pra Omaha.

dizem que lá tudo é de jade
e imóvel.
dizem que dá pra fazer bordados na água
e dormir no alto de oliveiras.
fico pensando se isso é
verdade

eu não consigo mais viver aqui.

risada literária

escuta, cara, não vem com essa de que você mandou
seus poemas pra gente, a gente não recebeu nada,
somos muito cuidadosos com manuscritos
nós os assamos
queimamos
rimos deles
vomitamos neles
derramamos cerveja neles
mas normalmente a gente os
devolve
eles são
tão
vazios.
ah, a gente acredita na Arte,
sem dúvida
precisamos dela,
mas, você sabe, muita gente
(a maioria das pessoas)
só quer brincar e fornicar com as
Artes

e tudo que elas fazem é lotar os palcos
com uma generosa e implacável e
vigorosa
mediocridade.

nossa assinatura é de 4$ por ano.
por favor leia nossa revista antes
de submeter.

fossa no leito de morte

se você não aguenta o calor, ele diz, sai da
cozinha. sabe quem disse isso?
Harry Truman.

não tô na cozinha, eu falo, eu tô no
forno.

meu editor é um cara difícil.
às vezes ligo pra ele em momentos de dúvida.

olha, ele responde, você vai acender charutos com notas de
cem, vai andar com uma ruiva debaixo de um braço e uma loira
debaixo do outro.

outras vezes ele vai dizer, olha, acho que vou contratar
o V. K. pra ser meu editor associado. a gente precisa dar uma
enxugada e tirar 5 poetas daqui. vou deixar pra ele
decidir. (o V. K. é um poeta de imaginação fértil que acha que
eu o esfaqueei de N.Y. até a costa do Havaí.)

olha só, garoto, eu liguei pro meu editor, você sabe falar alemão?
não, ele responde.
bem, seja como for, eu falo, preciso de uns pneus novos e baratos.
você sabe onde eu encontro uns pneus novos e baratos?
te ligo em meia hora, ele diz, você vai estar aí
daqui a meia hora?
não posso me dar ao luxo de ir a lugar nenhum, respondo.
ele diz, disseram que você tava bêbado naquela leitura
no Oregon.
que mentira, eu respondo.

você tava?

não
lembro.

um dia ele me telefona:
você não quer mais saber de nada, só quer saber de
beber e ficar brigando com todo tipo de
mulher. e você sabe que a gente tem um garoto bom no banco,
ele tá ansioso pra entrar,
ele rebate bem em qualquer uma das bases
e consegue apanhar qualquer bola que não voe longe
ele tá sendo treinado pelo Duncan, pelo Creeley, pelo Wakoski
e ele sabe *rimar*, e entende de
imagens, símiles, metáforas, figuras, conceitos,
assonâncias, aliterações, métricas, sim
métricas tipo, você sabe —
jambo, troqueu, anapesto, espondeu,
ele entende de cesura, denotação, conotação, personificação,

dicção, voz, paradoxo, retórica, tom e
aglutinação...

puta merda, eu falo, desligo e tomo um bom gole de
Old Grandad. Harry continua vivo
segundo os jornais. mas eu decido que em vez
de pneus novos vou tentar conseguir um jogo
de pneus recauchutados.

charles

92 dois anos
um dente não parava de incomodar
ele teve que fazer uma obturação

ele perdeu o olho esquerdo 40 anos
atrás

— um açougueiro, ele diz, o cara queria
operar por causa da grana. só depois
descobri que tinha
salvação.

— eu tiro o olho todas as noites, ele acrescenta,
sempre dói. eles não fizeram direito.

— qual é o olho, Charles?

— esse aqui, ele mostra,
depois pede licença. ele tem que levantar e

ir até a
cozinha. ele está assando uns biscoitos.

em instantes ele aparece com uma
bandeja.

— experimenta.

eu experimento. são
gostosos.

— aceita um cafezinho? ele pergunta.

— não, obrigado, Charles, eu não tenho conseguido
dormir direito.

ele tinha 70 quando casou com uma mulher de
58. há 22 anos. agora ela está numa casa de repouso.

— ela tá melhorando, ele diz, ela até me reconhece.
eles deixam ela levantar pra ir no banheiro.

— que bom, Charles.

— só que eu não aguento aquela maldita filha dela, eles acham
que eu tô atrás da grana dela.

— tem algo que eu possa fazer por você, Charles? quer
alguma coisa da loja, qualquer
coisa?

— não, eu fiz compras hoje de manhã.

suas costas estão mais em pé do que as paredes e ele mal tem
barriga. enquanto a gente conversa ele
não tira o olho da tevê.

— tô indo embora, Charles, você tem meu número?

— tenho.

— as garotas tão te tratando bem, Charles?

— meu amigo, faz alguns anos que eu não penso em garotas.

— boa noite, Charles.

— boa noite.

vou até a entrada
abro a porta
fecho

do lado de fora
o cheiro de biscoitos assados fresquinhos
vem atrás de mim.

no circuito

isso foi lá em São Francisco
depois do meu recital de poesia.
o evento teve um público agradável
eu já tinha recebido meu dinheiro
e tinha um lugar pra ficar no andar de cima
rolou algum consumo de álcool
aí um cara começou a bater numa bicha
eu tentei impedir
e o cara de propósito
quebrou uma janela.
eu mandei todo mundo
embora
e lá de cima ela começou a gritar com o cara
que tinha esmurrado a bicha
e lá da rua ele ficou chamando o nome dela
aí eu lembrei que ela tinha sumido durante uma hora
antes da leitura.
ela fazia essas coisas.
não que fossem coisas ruins
mas eram coisas rotineiras e que denotavam indiferença

então falei pra ela que não dava mais
e que ela tinha que dar o fora
e fui pra cama
horas depois ela reapareceu
e disse, que diabos você tá fazendo aqui?
parecia uma fera, toda descabelada,
você é uma insensível, falei, eu não te quero mais.
estava escuro e ela voou em cima de mim:
eu vou te matar, vou te matar!
eu ainda estava bêbado demais pra me defender
e ela me derrubou no chão da cozinha
cravou as unhas na minha cara e
abriu um buraco de mordida no meu braço.

depois voltei pra cama e fiquei ouvindo os saltos
dela descendo a ladeira.

meu amigo andre

o garoto costumava dar aulas na Universidade do Kansas
até que foi demitido
e foi parar numa fábrica de feijão enlatado
aí ele e a esposa foram morar no litoral
e ela descolou um emprego e trabalhava enquanto
ele procurava trabalho como ator.
eu quero muito ser ator, ele me dizia,
é tudo que eu quero.
ele vinha com a esposa.
ele vinha sozinho.
as ruas daqui estão cheias de caras que
querem ser atores.
eu vi ele ontem.
ele estava enrolando uns cigarros.
servi um pouco de vinho branco pra ele.
minha mulher tá ficando cansada de esperar, ele disse,
vou dar aula de karatê.
ele tinha as mãos inchadas de tanto socar
tijolos e paredes e portas.
ele me contou sobre alguns dos maiores lutadores

orientais. um deles era tão bom
que podia virar a cabeça 180 graus
pra ver quem estava atrás. isso é bem difícil de fazer,
ele disse.
mais: é pior enfrentar 4 homens bem posicionados
do que lutar contra muito mais. quando tem mais gente
eles acabam se atrapalhando, e um bom lutador,
alguém forte e ágil, consegue se sair bem.
alguns dos maiores lutadores, ele disse,
ainda conseguem sugar o saco pra dentro do próprio corpo.
isso é possível — até certo ponto — porque o corpo
tem umas cavidades naturais... se você ficar de cabeça pra baixo
vai perceber.

servi um pouco mais de vinho branco
depois ele partiu.
sabe, enfrentar de vez em quando uma máquina de escrever
talvez não seja tão doloroso assim
afinal.

eu estava contente

eu estava contente de ter dinheiro na poupança
sexta à tarde de ressaca
eu não tinha emprego

eu estava contente de ter dinheiro na poupança
eu não sabia tocar violão
sexta à tarde de ressaca

sexta à tarde de ressaca
do outro lado da rua do Norm's
do outro lado da rua do Red Fez

eu estava contente de ter dinheiro na poupança
separado da minha namorada e deprimido e destrambelhado
eu estava contente de estar na fila com a minha caderneta de
    poupança

eu ficava olhando os ônibus que iam pra Vermont
eu estava surtado demais pra trabalhar como motorista de ônibus
e eu sequer olhava pras garotas mais novas

fiquei tonto esperando na fila mas eu
só pensava que tinha dinheiro naquele lugar
sexta à tarde de ressaca

eu não sabia tocar piano
nem mesmo tocar um emprego de merda num lava-jato
eu estava contente de ter dinheiro na poupança

enfim cheguei no caixa
era a minha japa
ela sorriu pra mim como se eu fosse um deus espetacular

tá de volta, né? ela disse rindo
quando mostrei meu pedido de saque e minha caderneta
enquanto os ônibus corriam pra Vermont

os camelos trotavam pelo Saara
ela me passou o dinheiro e eu guardei tudo
sexta à tarde de ressaca

fui até o mercado e peguei um carrinho
e enchi o carrinho de salsichas e ovos e bacon e pão
e depois de cerveja e salame e temperos e picles e mostarda

eu via aquelas jovens donas de casa com seu rebolado natural
e enchia meu carrinho de bisteca e alcatra e contrafilé e filé
    mignon
e tomates e pepinos e laranjas

sexta à tarde de ressaca
separado da minha namorada deprimido e destrambelhado
eu estava contente de ter dinheiro na poupança

encrenca com espanha

entrei no chuveiro
e queimei meu saco
na última quarta.

conheci um pintor chamado Espanha,
minto, ele era cartunista,
enfim, conheci ele numa festa
onde todos ficaram putos comigo
porque eu não sabia quem ele era
nem o que ele fazia.

era um cara muito boa pinta
e acho que ele ficou com inveja de mim
por eu ser tão feio.
eles me disseram o nome dele
ele estava encostado na parede
todo metido a besta, aí eu falei:
ei, Espanha, eu gosto desse nome: Espanha.
mas não gosto de você. por que a gente não vai lá
pro jardim pra eu te dar uma
surra?

isso deixou a anfitriã irritada
ela se aproximou e esfregou a pica dele
enquanto fui vomitar
na privada.

mas todos estão bravos comigo.
o Bukowski, ele não sabe escrever, ele já era.
um verdadeiro fracasso. olha como ele bebe.
ele não frequentava nenhuma festa.
agora ele vai em todas e ainda bebe todas
e fica xingando quem tem talento de verdade.
eu admirava ele quando ele cortava os pulsos
e tentava se matar com
gás. olha só pra ele agora secando aquela menina
de 19 anos, tá na cara que ele
é brocha.

eu não queimei apenas o saco no chuveiro
na última quarta, quando virei pra fugir da água
fervendo acabei queimando também o olho
do cu.

noite molhada

a menstruação.
ela ficou sentada, desanimada.
não dava pra fazer nada com ela.
estava chovendo.
ela levantou e saiu.
bem, que se foda, lá vamos nós de novo, pensei
peguei minha bebida e aumentei o rádio
tirei o tampo da luz
e comecei a fumar um charuto barato negro e amargo
importado da Alemanha.
aí veio uma batida na porta
era um homenzinho parado na chuva
e ele disse,
você por acaso viu um pombo na sua varanda?
eu respondi que não tinha visto um pombo na minha varanda
e ele falou pra eu avisar caso eu visse um pombo
na minha varanda.
fechei a porta
sentei
e de repente um gato preto saltou pela

janela, pulou no meu
colo e ficou ronronando. era um belo animal
e eu o levei até a cozinha e nós dois dividimos
uma fatia de presunto.
depois apaguei todas as luzes
e fui pra cama
e o gato preto foi pra cama comigo
e ele ronronava
e eu fiquei pensando, bem, pelo menos alguém gosta de mim,
aí o gato desandou a mijar,
me mijou todo e mijou o todo o lençol,
o mijo desceu pela minha barriga e escorreu pelos lados
e eu disse: ei, que que você tem de errado?
aí apanhei o gato e o levei até a porta
e joguei ele de volta na chuva
e pensei, que coisa estranha, um gato
mijando em cima de mim
o mijo dele era frio que nem a chuva.
aí resolvi ligar pra ela
e disse, olha, que que você tem de errado? perdeu
a porra do juízo?
desliguei e tirei os lençóis da cama
deitei e fiquei escutando o barulho da chuva.
os homens às vezes não sabem como agir direito
e às vezes o melhor é ficar quietinho deitado
e esquecer completamente
o assunto.

aquele gato tinha dono
ele tinha uma coleira antipulgas.
já a mulher eu não
sei.

nós, os artistas —

em São Francisco a proprietária, 80, me ajudou a arrastar a Vitrola
verde escada acima e eu toquei a 5ª do Beethoven
até baterem nas paredes.
tinha um balde grande no meio do quarto
cheio de garrafas de cerveja e de vinho;
então, pode ter sido o delirium tremens, certa tarde
escutei um barulho que parecia um sino
só que o sino zumbia em vez de bater,
e depois uma luz dourada apareceu num canto do quarto
perto do teto
e através do som e da luz
reluziu o rosto de 2 mulheres, envelhecidas mas bonitas,
e ela olhou pra mim
e depois surgiu o rosto de um homem entre elas,
a luz ficou mais forte e o homem disse:
nós, os artistas, estamos orgulhosos de você!
depois foi a vez da mulher dizer: o pobrezinho tá assustado,
e eu estava, e depois eles desapareceram.
eu levantei, troquei de roupa e fui pro bar
pensando em quem eram os artistas e por que eles tinham
orgulho de mim. alguns deles estavam vivos no bar

e eu ganhei umas bebidas de graça, botei fogo nas calças com as
brasas do meu cachimbo de milho, quebrei um copo de propósito,
não fui expulso, conheci um cara que dizia ser William
Saroyan, e a gente bebeu até uma mulher aparecer e
puxar ele pra fora pela orelha e eu fiquei pensando, não, esse
   não pode ser o
William, aí um outro cara surgiu e disse: cara, você fala
grosso, mas é melhor você me escutar, eu acabei de sair da cadeia
   por assalto e
agressão, então não mexe comigo!   a gente foi pra fora do
bar, ele era um bom garoto, sabia usar os punhos, e a coisa seguiu
tranquila, até que nos separaram e a gente
voltou pro bar e bebeu durante mais algumas horas. eu voltei
andando pra casa, coloquei a 5ª do Beethoven e
quando bateram nas paredes eu bati
de volta.

fico pensando em quando eu era jovem, no meu jeito de ser,
e mal posso acreditar, mas não importa.
espero que os artistas continuem orgulhosos de mim
apesar deles nunca mais terem
aparecido.

a guerra atropelou tudo e quando me dei conta
estava em Nova Orleans
entrando bêbado num bar
depois de cair no meio da lama numa noite de chuva.
eu vi um homem esfaquear outro e fui até
uma jukebox colocar uma moeda.
era um novo começo. São
Francisco e Nova Orleans eram duas das minhas
cidades favoritas.

não aguento ficar nem cinco minutos no mesmo espaço que essa mulher

outro dia fui
buscar minha filha.
a mãe dela apareceu vestida com um macacão
de trabalho.
eu entreguei o dinheiro da pensão
e ela me deu um maço de poemas de um tal de
Manfred Anderson.
eu li tudo.
ele é ótimo, ela disse.
ele costuma tentar publicar essa merda? perguntei.
ah não, ela respondeu, o Manfred jamais faria isso.
por quê?
olha, eu não sei dizer.
escuta, eu disse, você conhece todos os poetas que
não tentam publicar as merdas que escrevem.
as revistas não tão prontas pra eles, ela disse,
eles estão muito à frente das publicações.
ah pelo amor de deus, eu disse, você acredita
mesmo nisso?
sim, sim, eu acredito mesmo, ela

respondeu.
olha, eu disse, você não conseguiu nem deixar a menina
pronta. ela ainda tá descalça. não dá pra você ajudar
ela a se calçar, não?
sua filha já tem 8 anos, ela disse,
ela já pode calçar os próprios sapatos.
escuta, eu falei pra minha filha, dá pra você pelo amor de deus
calçar os sapatos?
o Manfred não grita nunca, disse a mãe dela.
PELO AMOR DE DEUS! berrei
tá vendo, tá vendo? ela disse, você não mudou nada.
que horas são? perguntei.
4h30. uma vez o Manfred enviou alguns poemas, ela disse,
mas eles mandaram tudo de volta e ele ficou *terrivelmente*
chateado.
você já calçou os sapatos, falei pra minha filha,
vamos.
a mãe dela nos acompanhou até a porta
tenham um bom dia, ela disse.
não enche, eu disse.
quando ela fechou a porta tinha uma placa colada
no lado de fora. estava escrito:
SORRIA.
eu não sorri.
a gente foi pela Pico na ida.
parei em frente ao Red Ox.
já volto, falei pra minha filha.
entrei, sentei e pedi um uísque com
água. em cima do balcão tinha um carinha entrando e
saindo de uma porta segurando o pênis muito vermelho e curvo
na mão.

não dá
não dá pra fazer ele parar? perguntei ao garçom.
não dá pra desligar esse troço?
qual é o seu problema, meu chapa? ele perguntou.
eu envio meus poemas pras revistas, respondi.
você envia seus poemas pras revistas? ele perguntou.
pode ter certeza que sim, eu disse.
terminei minha bebida e voltei pro carro.
segui pelo Pico Boulevard.
o resto do dia estava fadado a melhorar.

carisma

essa mulher insiste em me ligar
mesmo eu dizendo que moro com uma mulher que
eu amo.

eu andei ouvindo uns barulhos lá fora,
ela telefona,
pensei que fosse você.

eu? mas eu não bebo nada há vários
dias.

bem, talvez não fosse você mas eu achei que podia
ser alguém tentando me
ajudar.

talvez fosse Deus. você acha que podia ser Ele?

sim, Ele é um gancho que vem do teto.

foi o que pensei.

eu comecei a plantar tomates no porão,
ela diz.

isso é uma coisa sensata.

quero me mudar daqui. pra onde eu vou?

o norte é o óbvio. o oceano fica no oeste. o passado no
leste. a única saída é o sul.

o sul?

sim, mas não atravessa a fronteira. pra gringos
é a morte.

como é Salinas? ela pergunta.

se você gosta de alface
vai pra Salinas.

ela desliga do nada. é sempre assim. e ela
sempre volta a ligar no dia seguinte ou em uma semana ou em um
mês. ela vai estar no meu enterro com tomates e as
páginas amarelas enfiadas nos bolsos de
um sobretudo marrom num calor de 40 graus,
eu levo jeito com mulheres.

o som das vidas humanas

calor estranho, mulheres ardentes e frias,
sou daqueles que fazem gostoso, mas o amor não se resume
a sexo. a maioria das mulheres que conheço são
ambiciosas, e eu gosto de ficar deitado
em travesseiros confortáveis até às 3
da tarde, gosto de ficar olhando o sol
através das folhas dos arbustos
enquanto o mundo lá fora
fica distante de mim, eu sou tão acostumado com isso, todas
aquelas páginas sujas, e gosto de ficar deitado
de barriga pra cima depois de fazer amor
tudo seguindo seu curso:
é tão tranquilo levar uma vida tranquila — se você se permitir,
    isso é tudo
que é necessário.
mas a mulher é estranha, ela é muito
ambiciosa — merda! não posso dormir o dia todo!
a gente só come! faz amor! dorme! come! faz amor!

querida, eu digo, existem homens lá fora agora
colhendo tomates, alfaces, até algodão,

existem homens e mulheres morrendo sob o sol
existem homens e mulheres morrendo nas fábricas
por nada, por uma ninharia...
dá pra ouvir o som de vidas humanas
sendo despedaçadas...
você não sabe a sorte que a gente
tem...

mas você tá com a vida feita, ela diz,
você tem sua poesia...

meu amor levanta da cama.
escuto ela no outro quarto.
a máquina de escrever está em ação.

não sei por que as pessoas acham que esforço e força
têm alguma coisa a ver com
criação.

imagino que em termos de política, medicina,
história e religião
também exista essa
confusão.

eu viro de barriga pra baixo e durmo com
meu cu virado pro teto só pra variar.

salvem o píer

você tinha que ter ido na festa,
eu sei que você odeia festas
mas parece que você vai em todas.
enfim, eu levei minha garota, você
conhece ela —

Java Jane?

isso, a festa foi no parquinho
onde eles tão tentando derrubar o píer, sabe
onde é?

sei, aquele lugar vermelho com as janelas
quebradas —

isso, então, a minha garota mora num quartinho bem em cima do
parquinho. era
aniversário da mulher que é dona do
parquinho.

ela tá tentando salvar o píer
ela tá tentando salvar o parquinho —
tinha muita bebida, minha namorada mora num
quartinho bem em cima do
parquinho.

parece ótimo.

eu te liguei. mas você não
estava.

não tem problema.

cara, tinha bebida pra caramba e eles ligaram o
carrossel, era de graça, tinha música e
tudo.

parece ótimo.

acabei brigando com a minha
namorada, bebida é fogo —

claro.

eu tô longe dela
ela tá longe de mim.
ela tá com uma taça de vinho na mão.
aí eu lanço um olhar fulminante pra ela
ela fica abalada
e dá um passo pra trás

a coisa tá rodando
aí o casco de um cavalo vai direto na bunda dela.
nisso ela cai dentro do carrossel.
tudo acontece muito rápido —
mas eu reparo
que o tempo todo que ela tá girando
entre a música e aqueles cavalos
ela tá segurando a taça pra cima
pra não derramar nem uma
gota.

guerreira.

pois é. só que ela ficou pagando calcinha
o tempo todo. a calcinha chegava a brilhar.
era rosa.

que maravilha. como é que elas conseguem?

é uma conspiração.

o rosa brilhante?

sim. então ela tá lá pagando calcinha e eu pensando,
beleza, tá tudo bem, mas é claro que aquilo é muito
melhor pra quem tá vendo de fora do que pra
mim, aí eu chego pra frente e falo,
Jane.

e aí?

ela continuou girando com a bebida na mão
e a bundinha rosa de fora... tinha alguma coisa
meio tênue ali, algo deliciosamente besta...

a parca glória enfim irrompe eufórica

exatamente. ela ficava girando sem parar
e de perna aberta —
bêbada da vida —
vingativa —
ela sente alguma coisa por mim pra sair mostrando
a calcinha assim pra todo
mundo. enfim, ela não parava de girar
até que a perna dela acertou a perna de um cara —
ele tinha chegado pra frente pra ver melhor a cena.
ele tinha 67 anos e tava com a esposa
e os dois estavam
comendo macarrão nuns pratinhos descartáveis, enfim,
a perna dela acertou a dele
ela saiu cambaleando
mas não abaixou a taça nem por um segundo.
eu cheguei perto e segurei ela,
e a taça continuou ali, perfeitamente
equilibrada, aí ela ergueu a taça e
bebeu todo o vinho.

parece que foi uma
boa festa.

eu te liguei. mas você não
estava.

teias de aranha de sexo
pingando úmido de orvalho
feito sonhos de mau hálito.

exatamente. você tinha que ter
ido.

foi mal.

passado pra trás

o garoto voltou pra Nova York pra morar com uma mulher
que ele conheceu num kibutz.
ele deixou a mãe quando tinha
32 anos, sujeito bem conservado, bom senso de humor, nunca
usava a mesma bermuda
por mais de um dia. lá estava ele
no bairro porto-riquenho, ela tinha um
emprego. ele queria grades de ferro nas janelas e
comia muito frango frito às 10
da manhã depois que ela saía pro
trabalho. ele tinha guardado algum dinheiro ao longo
dos anos e ele trepava mas morria de
medo de
boceta.

eu estava sentado com Eileen em Hollywood
e falei:
preciso alertar o garoto
pra quando ela se virar contra ele
ele estar
pronto.

não, ela disse, deixa ele ser
feliz.

eu deixei ele ser
feliz.

agora ele voltou a morar com a
mãe, está pesando cento e cinquenta quilos
e come o tempo inteiro
e ri o tempo inteiro
mas você precisa ver os olhos
dele...
os olhos ficam ali enfiados no meio de toda aquela
carne...

ele dá uma mordida numa coxa de frango:
eu amava aquela mulher, ele me diz,
eu amava aquela mulher.

nenhum demônio é tão feroz quanto uma mulher...

ela estava esperando no fusca laranja
enquanto eu subia a rua
com 2 caixas de cerveja e uma garrafa de uísque
aí ela saltou do carro
e começou a pegar as cervejas e
a quebrar elas na calçada
depois ela pegou a garrafa de uísque e
quebrou ele também,
dizendo: aha! então você ia usar isso
pra deixar ela bêbada e comer ela depois!
segui até a entrada onde a outra mulher
estava parada no meio da escada,
então *ela* veio correndo da rua,
subiu a escada e enfiou a bolsa
na outra mulher, dizendo:
ele é meu homem! ele é meu homem!
depois ela saiu correndo e
pulou dentro do fusca laranja
e arrancou dali.
eu fui buscar uma vassoura

e comecei a varrer os cacos de vidro
quando ouvi um barulho
e lá estava o fusca laranja
subindo a calçada e vindo
na minha direção —
eu consegui me jogar contra um muro
na hora que o carro passou.
daí peguei a vassoura e comecei a varrer
o chão de novo,
e de repente lá estava ela;
ela tomou a vassoura e a quebrou em três
pedaços,
depois ela achou uma garrafa de cerveja intacta
e atirou ela na janela de vidro da porta.
a garrafa deixou um buraco perfeito no vidro
e a outra mulher gritou pra mim da
escada: pelo amor de Deus, Bukowski, fica com
ela!

eu entrei no fusca laranja e a gente
foi embora junto.

puxa uma corda, que a marionete se mexe...

todo homem precisa saber
que tudo pode desaparecer muito
depressa:
o gato, a mulher, o emprego,
o pneu da frente,
a cama, as paredes, a
casa; todas as nossas necessidades,
inclusive o amor,
repousam sobre alicerces de areia —
e qualquer motivo,
não importa o quão aleatório:
a morte de um garotinho em Hong Kong
ou uma nevasca em Omaha...
pode ser sua ruína.
toda sua louça vai estar caindo no
chão da cozinha, sua namorada vai chegar
vai te encontrar bêbado ali
no meio de tudo e vai perguntar:
meu deus, o que que tá acontecendo?
e você vai responder: não sei,
não faço a menor ideia...

mais duro que carne de segunda —

o movimento do coração humano:
estrangulado no Missouri;
coberto de cera quente em Boston;
queimado que nem batata em Norfolk;
perdido nos montes Allegheny;
reencontrado numa cama de mogno com dossel
em Nova Orleans;
ensopado e moído com feijão
em El Paso;
pendurado numa cruz feito cão embriagado
em Denver;
cortado ao meio e tostado em
Kalamazoo;
tomado de câncer num barco pesqueiro
depois da costa do México;
enganado e enjaulado em Daytona Beach;
chutado por uma babá
metida num vestido xadrez verde e branco,
trabalhando como garçonete numa rodoviária
da Carolina do Norte;

besuntado de azeite e mijo de cabra
por uma puta enxadrista no East Village;
pintado de vermelho, branco e azul
por causa de uma lei;
torpedeado por uma loira oxigenada
com o maior rabo do Kansas;
chifrado e estripado por uma mulher
com alma de touro
em East Lansing;
petrificado por uma garota de dedos minúsculos,
ela tinha um dente a menos,
um dos da frente, e enchia tanques de gasolina
em Mesa;
e o coração continua seu movimento de bater
bater
e bater
por algum tempo.

vozes

1.

meu bigode é falso
e minha peruca e minhas sobrancelhas
e até meus olhos...
de repente algo me deixa pasmo...
as lâmpadas tremeluzem, escuto
sons efervescentes e mágicos
e incríveis.

2.

sei que fiquei maluco, é meio
que um gesto teórico:
os perdidos são achados
os doentes estão saudáveis
os não criadores são os
criadores.

3.

mesmo se eu fosse uma pessoa sofisticada, cômoda
e domesticada jamais poderia beber o
sangue das massas e
chamá-lo de vinho.

4.

por que fui levantar o carro daquela garota bonita
pelo para-choque porque o macaco tinha emperrado?
fiquei todo entrevado
e eles me levaram que nem um pretzel e me endireitaram
mas eu ainda não conseguia me mexer...
a culpa foi do hospital, do médico.
daí aqueles dois rapazes me deixaram cair no caminho pra
sala de raio X... eu dei um berro: PROCESSO!
mas acho que a culpa foi daquela garota —
ela não devia ter me mostrado tanta perna
e tanta coxa.

5.

escute, escute, AMOR MERDALÁCTICO, DESPEDAÇADO
  E LARGADO,
AMOR MERDALÁCTICO, AMOR, AMOR; MATAR,
  APRENDER A USAR UMA
ARMA; ABRIR ESPAÇO, PERCEBER, SER DIVINO,
  AMOR
MERDALÁCTICO, está se aproximando...

6.

eu fiz uma paródia do E. H. no meu primeiro romance,
tô cagando dinheiro desde então. é provável que eu seja
o melhor jornalista que os Estados Unidos já viram, sou capaz
de enrolar sobre qualquer assunto, e isso já vale
alguma coisa. você me admira bem mais
que o primeiro homem que encontra na rua
de manhã. mas, basicamente, é um
fato, eu tenho vivido numa época sem nenhum
escritor, e isso está me dando algum destaque
porque não tem aparecido mais ninguém. o.k.,
é uma época ruim. suponho que eu seja o número
um. Mas não é a mesma coisa de quando
havia gigantes que nos inspiravam. deixa pra lá:
tô cagando dinheiro.

7.

eu era um mau escritor, eu matei o N. C. porque achei
que ele era melhor do que era, e então os *fodões*
acharam que meus livros eram melhores do que eram. só existem
3 escritores ruins na literatura americana
aceitável. Drieser, claro, foi o pior.
depois veio o Thomas Wolfe e depois eu apareci. mas
quando fico na dúvida entre mim e Wolfe,
tenho que escolher o Wolfe. como o pior, no caso. eu gosto
de pensar no que o Capote, outro mau escritor, falou
de mim: ele só sabe bater na máquina. de vez em quando até
maus escritores dizem a verdade.

8.

meu problema, como o da maioria, é o perfeccionismo artístico. eu
existo, cheio de batatas fritas e glória
e aí eu olho em volta, vejo a forma de Arte, mergulho nela
e digo o quanto eu sou bom e o que penso.
foi essa mesma coisa cansativa que quase des-
truiu a arte durante séculos. uma vez me gravei
lendo alguns dos meus poemas pra um leão no zoológico. ele
rugiu de verdade, como se estivesse com dor. todos os poetas
   colocam
essa fita pra tocar e ficam rindo quando estão bêbados.

9.

lembra do meu romance sobre a cadeia onde
fotos de heróis e de namorados ficavam flutuando em
paredes de pedra?
eu fiquei famoso. cheguei até aqui.
eu gamei nos motociclistas negros de Valley
West e Bakersfield
que pegaram a minha fama e acabaram com ela
e me fizeram sorver toda a solidão e a insanidade deles
e seus sonhos de Cadillac de alma branca e
de Cadillac de alma negra
e esporraram no meu cu
nas minhas narinas e nos meus ouvidos
enquanto eu dizia, Comunismo, Comunismo
e eles riam de mim e sabiam que eu não estava falando sério.

direto sem parar

estou
pendurado por um prego
o sol derrete meu coração
eu sou
parente da serpente
e tenho medo de cachoeiras
tenho
medo de mulheres e ladeiras

a polícia me para e
diz
enquanto o vento enverga as árvores
(tô de ressaca) que meu escapamento já era e
que meu limpador de para-brisa parou de funcionar
e minha luz de ré está quebrada.
eu não tenho luz de ré,
assino a multa e me sinto grato,
já dentro do carro,
por eles não me prenderem pelo que estou
pensando

a tristeza pinga como gotas d'água
num poço envenenado até a metade,
sei que minhas chances se reduziram a
quase nada —
pareço um inseto no banheiro quando se acende
a luz às 3 da manhã

o amor, até que enfim, com um pano de chão enfiado
na própria garganta, retratos de alegria
transformados em clipes de papel, você
sabe como é, você sabe, você sabe.
quando você entende esse processo (o que você
precisa entender
é
que quase todas as coisas
simplesmente não dão certo, assim
você nem tenta salvá-las,
e quando você tiver aprendido isso
anos já terão se
passado) — quando você entender esse processo
você só vai precisar se ferrar mais 2 ou 3 vezes
antes que esqueçam de você, e
é bom saber disso —
para de querer ter respostas
pra tudo e relaxa —
você também já está perto do fim, assim
como eu. não tem vergonha
nenhuma nisso. eu posso entrar em qualquer bar e
pedir um uísque com água,
pagar,
e colocar a mão em volta do copo,

eles não sabem, eles não saberão,
nem de você nem de mim,
eles vão falar de futebol e do
tempo e da crise energética,
e nossas mãos buscarão
o espelho observando as mãos
e então vamos beber tudo —

Jane, Barbara, Frances, Linda, Liza, Stella,
o chinelo de couro marrom do pai
virado pra baixo no banheiro,
cães mortos e anônimos,
o jornal de amanhã,
a água do radiador fervendo e vazando numa
quinta à tarde, queimando seu braço
até o cotovelo, e sequer se
irritar com a dor,
um sorriso pros vencedores
um sorriso pro cara que comeu tua mulher
enquanto você estava bêbado ou fora de casa
e um sorriso pra mulher que deixou ele fazer isso.
as rosas uivam
sob o vento ameno,
já dissemos
o que era necessário, e o próximo
passo é cair fora, só que eu
ainda queria dizer
não importa o que disserem
que nada nunca me tirou
do sério.

sem sonhos

as garçonetes velhas e grisalhas
em bares noturnos
não têm mais,
e enquanto atravesso ruas
iluminadas e olho pelas janelas
das casas de repouso
reparo que nelas
não têm mais.
eu vejo pessoas sentadas em bancos de praças
e percebo no jeito delas
sentarem e olharem
que elas também não têm mais.

vejo gente dirigindo carros
e noto no jeito
como dirigem seus carros
que eles nem amam nem são
amados —
nem levam o sexo em
consideração. está tudo esquecido
como um filme antigo.

vejo pessoas em lojas de departamento e
supermercados
atravessando corredores
fazendo compras
e dá pra ver no jeito delas andarem
na forma como se vestem
em suas caras em seus olhos
que elas não se importam com nada
e que nada se importa
com elas.

vejo fácil umas cem pessoas por dia
que desistiram completamente
de tudo.

se eu vou até o hipódromo
ou a um evento esportivo
vejo milhares de pessoas
que não têm apreço por nada nem
por ninguém
e não recebem nenhum sentimento
em troca.

em todos os cantos vejo aqueles que
não imploram por nada além de
comida, abrigo e
roupas; eles se concentram
nisso,
sem mais nenhum sonho.

não consigo entender por que essas pessoas não
desaparecem

não consigo entender por que essas pessoas não
expiram
por que as nuvens
não os matam
ou por que os cães
não os matam
ou por que as flores e as crianças
não os matam,
não dá pra entender.

acho que eles já morreram
mas não consigo me acostumar
com esse fato
porque eles são
muitos.

todo dia,
toda noite,
surgem mais deles
nos metrôs e
nos prédios e
nos parques

eles não temem
não amar
ou não serem
amados

tantos tantos tantos
de meus
semelhantes.

folhas de palmeiras

exatamente à meia-noite
de 1973-74
em Los Angeles
começou a chover nas
palmeiras que eu via da janela
buzinas e fogos de artifício
dispararam
e depois trovejou.

eram 9 da noite quando eu deitei
apaguei as luzes
puxei as cobertas —
toda aquela alegria e felicidade,
os gritos, os chapéus de papelão,
os carros, as mulheres,
aqueles porres de amador...

a noite de Ano-Novo sempre
me dá medo

os anos não são nada para a vida.

agora acabaram as buzinas
os fogos e os trovões...
não duraram cinco minutos...
tudo que escuto é a chuva
caindo nas palmeiras,
e fico pensando,
jamais vou entender os homens,
mas eu
sobrevivi.

Este livro foi impresso pela Cruzado, em 2023,
para a HarperCollins Brasil. O papel do miolo é
pólen natural 80g/m², e o da capa é cartão 250g/m².